BUR

Biblioteca Universale Rizzoli

Sabina Guzzanti

Viva Zapatero!

BUR senzafiltro

Responsabile editoriale: Nicola Fano
Redazione: Elena Sani

In collaborazione con Studio Uno s.r.l.
e Teatro Ambra Jovinelli

Prima edizione BURsenzafiltro: novembre 2005

Premessa

Costituzione della Repubblica Italiana

Articolo 21

Tutti hanno diritto di manifestare liberamente il proprio pensiero con la parola, lo scritto e ogni altro mezzo di diffusione.

La stampa non può essere soggetta ad autorizzazioni o censure.

Si può procedere a sequestro soltanto per atto motivato dell'autorità giudiziaria nel caso di delitti, per i quali la legge sulla stampa espressamente lo autorizzi, o nel caso di violazione delle norme che la legge stessa prescriva per l'indicazione dei responsabili.

In tali casi, quando vi sia assoluta urgenza e non sia possibile il tempestivo intervento dell'autorità giudiziaria, il sequestro della stampa periodica può essere eseguito da ufficiali di polizia giudiziaria, che devono immediatamente, e non mai oltre ventiquattro ore, fare denunzia all'autorità giudiziaria. Se questa non lo convalida nelle ventiquattro ore successive, il sequestro s'intende revocato e privo di ogni effetto.

La legge può stabilire, con norme di carattere generale, che siano resi noti i mezzi di finanziamento della stampa periodica.

Sono vietate le pubblicazioni a stampa, gli spettacoli e tutte le altre manifestazioni contrarie al buon costume. La legge stabilisce provvedimenti adeguati a prevenire e a reprimere le violazioni.

Carta dei Diritti dell'uomo

Articolo 19

Ogni individuo ha il diritto alla libertà di opinione e di espressione, incluso il diritto di non essere molestato per la propria opinione e quello di cercare, ricevere e diffondere informazioni e idee attraverso ogni mezzo e senza riguardo a frontiere.

Viva Zapatero!

Conversazione con Sabina Guzzanti
di Luca Bandirali

Come una morsa che si stringe

Il carattere di "autodifesa politica" della decisione di chiudere il tuo programma satirico RaiOt *da parte del potere che controlla la televisione di Stato, ha dato luogo a un caso largamente dibattuto, oltre che a una vicenda legale. A partire dal riconoscimento della natura esemplare di questo caso, tu hai progettato un nuovo "intervento",* Viva Zapatero!, *che ne ripercorre le fasi e al contempo allarga il campo ai principi generali della libertà di espressione. Perché hai pensato che il mezzo più adeguato a questa istanza civile fosse il cinema?*

Ho pensato al cinema perché ero convinta che fosse una storia forte, pensavo che fosse abbastanza potente, pur essendo un documentario, da andare nelle sale cinematografiche. Anche vederlo in tanti è importante. Il fatto di non essere soli a indignarsi, stupirsi e ridere fa parte del film, vuol dire che quello che succede è sotto gli occhi di tutti, che è proprio vero. E poi c'è un'identificazione nella scena finale tra il pubblico dell'Auditorium e il pubblico che vede il film, credo che sia quella la ragione per cui a ogni proiezione c'è sempre l'applauso, vuol dire "ci siamo anche noi lì". Certo, mentre giravamo, la possibilità di distribuire il film al cinema era solo una speranza. Quando abbiamo discusso con Paolo Santolini se girare a 24 fotogrammi (velocità di ripresa standard per il cinema) o a 25 (velocità di ripresa standard per la televisione), abbiamo optato per i 25, proprio perché il cinema sembrava una possibilità molto, molto remota. Poi, a un certo punto, mi sono resa conto che il materiale era veramente forte e soprattutto che volevo proprio fare un film e ho chiesto a Paolo di cambiare e di girare da quel momento in poi a 24. Lui si è un po' seccato, perché pensava che sarebbe venuto fuori un pastrocchio. In realtà il materiale è molto misto, c'è dentro dvcam, mini dv, vhs, beta e beta digitale. È stato pure girato da diversi operatori, perché le riprese sono state svolte nel corso di un anno abbondante e Santolini, giustamente, aveva anche altri impegni.

Da cosa nasce questa "fiducia" nel cinema?

Il cinema è un mezzo potente, anche la tv lo è ma è un potere diverso. La tv si presenta come una realtà parallela, un alias. L'abilità di chi fa televisione consiste nel saper intrecciare la realtà televisiva con la vita di tutti i giorni. Si può utilizzare questo potere in modo creativo, repressivo, educativo o diseducativo, ma vive nella relazione stretta con la quotidianità. Che è esattamente la ragione per cui a me e ad altri in questo momento è vietato l'accesso alla tv.

Il cinema permette di esprimersi in modo più compiuto e profondo a prescindere da ciò che viene considerato attuale. Per fare un esempio concreto: *Viva Zapatero!* è uscito in un momento in cui di libertà d'espressione e di censura non si parlava più. Quando abbiamo cominciato a pensare alla sua distribuzione nelle sale, la reazione più temuta era: ancora con la censura, basta, chi se ne frega, passiamo ad altro. Invece la forza del film ha imposto di nuovo il tema della censura nel dibattito pubblico e la tv e i giornali hanno dovuto ricominciare a parlarne, sia pure nel solito modo distorto e anestetizzante.

Nel caso specifico di *Viva Zapatero!*, poi, non avrei potuto farlo per la televisione, che ha grande potere da una parte, ma anche grandi limiti. Allo spettatore, il cinema consente di fare una riflessione più larga, che rimane, un'esperienza più complessa, più profonda.

Il tuo documentario ha una struttura narrativa che muove dal "contesto" al "caso" e viceversa, facendo del confronto il principio generatore della forma: anzitutto sei tu a confrontarti con le posizioni più diverse sulla libertà di espressione e sul caso RaiOt, *messo a sua volta in relazione con altre vicende analoghe; quindi si mettono a paragone la ricezione della satira in altri Paesi europei con le reazioni che si registrano in Italia. Tutto ciò risulta dall'interazione tra repertorio, riprese live, voce narrante e tracce grafiche. Hai completamente "orchestrato" questi elementi eterogenei già in fase di scrittura (soggetto e sceneggiatura)? O sono intervenute delle scelte decisive, strutturali, in fase di montaggio?*

Come diceva Rokko Smitherson, il grande regista, «prima si gira il film e poi si fa la sceneggiatura!». All'inizio ho buttato giù un elenco di persone che volevo intervistare. Poi, man mano che queste interviste sono andate avanti, riguardandole, mi sono venute delle idee per intervistare altre persone, succedevano altri fatti, e mi venivano delle altre idee. Per esempio, la parte su Furio Colombo l'ho aggiunta mentre già stavo facendo il montaggio, quando si è saputo che si era dimesso da direttore dell'«Unità». O anche l'idea di intervistare i Guignols è venuta fuori ascoltando l'intervista alla Padovani che ne parla. Quando siamo andati a Londra a intervistare Bill Emmott, abbiamo pensato che potevamo provare a contattare Rory Bremner, che avevo visto alla televisione inglese. A gennaio di quest'anno ho preso la decisione di iniziare il montaggio, perché volevo togliermi questo film dalle scatole! Non ne potevo più, avevamo oltre duecento ore di materiale. In quel momento ho scritto una sceneggiatura, che poi non corrisponde molto al film finito. Era una sceneggiatura un po' più sperimentale, che prevedeva dei "neri", con delle voci fuori campo in cui si ragionava, per poi tornare all'immagine ma mostrando il lavoro di montaggio. Poi sono passata a una struttura più semplice, ma quello che è rimasto della prima versione è il voler dare l'idea... come di una morsa che si stringe. La testimonianza in diretta della trasformazione di una democrazia in qualcos'altro. Questo, crescendo, è rimasto in tutte le versioni: raccontare come la percezione degli avvenimenti cambi gradualmente e quali sono i meccanismi che rendono possibile questa alterazione.

Del titolo si è parlato molto in termini politici. Mi interessa qui, piuttosto, la sua dimensione intertestuale, ossia di citazione. Cosa ti lega, o comunque cosa lega questo tuo film, a Viva Zapata! *di Kazan?*

È un film che ho visto da bambina e che mi è rimasto impresso come tutti i film che raccontano di rivolte e di rivoluzioni. Mi piacciono, quelli sulle rivoluzioni e quelli di evasione nel senso di evasione dal carcere, non so perché, almeno da bambina, erano i miei temi preferiti. *Viva Zapata!* contiene pure il titolo della trasmissione censurata *RaiOt* di cui parla il film e che vuol dire appunto *rivolta.*

Mi è sembrata molto esatta, in apertura, quando ti presenti come "buffone", la scelta di sintetizzare la tua carriera di performer con un'unica immagine, piuttosto che costruire una sequenza "a episodi", inevitabilmente autocelebrativa, in cui presentare le tue caratterizzazioni più note. Perché hai scelto proprio la "tua" Valeria Marini che ruzzola dalle scale?

In quel punto serviva una gag "fisica", perché questo

aspetto è legato al mestiere del buffone, del clown, del giullare in tutte le sue sfumature, il fatto di avere una capacità anche fisica; anche il fatto tecnico del trucco ti lega a una tradizione, che non è quella della battuta, di quello che fa lo spiritoso in pizzeria, insomma, per me significa avere un mestiere, che vuol dire tradizione e scuola. Quindi era fondamentale che fosse una gag "fisica", che andasse al di là della parola, anche perché c'era già la voce narrante, e poi in ogni caso la parola estrapolata da un discorso è meno potente. In alternativa a questa gag, avevo scelto anche una danza kabuki che ho fatto però solo a teatro, una danza kabuki inventata naturalmente, soltanto che era molto lunga. Questo tema della tecnica, del mestiere, c'è in tutto il film, a volte in maniera implicita, a volte più esplicitamente, come difesa del mio lavoro, della dignità e del senso del mio lavoro. Mi viene in mente un'intervista a Jerry Lewis che raccontava di quando da giovane voleva fare il clown; ha fatto un provino in un circo, e all'inizio, quando ha cominciato a truccarsi, tutti i clown del circo gli sono andati vicino, molto attenti, molto interessati, poi deve aver fatto qualche gesto poco competente, che rivelava una mancanza nella sua tecnica, e i clown si sono tutti allontanati e il provino è finito là, quando hanno visto che non sapeva mettere nel trucco, per inesperienza, quell'attenzione da cui loro capivano il livello di maturità di un clown. Questo tema c'è in tutto l'incontro con Rory Bremner, e anche in coda mi sarebbe piaciuto mettere un pezzetto in cui lui mi fa vedere i suoi denti finti e discutiamo di come si possono modificare gli occhi, o la mascella, di quanto siano importanti le lenti a contatto non solo per cambiare il colore ma anche l'intensità dello sguardo. A questa idea si è opposto giustamente Clelio (Benevento), il montatore, perché io ho il vizio di mettere ottocento finali, e qui già ce n'erano due. Comunque il senso di queste immagini è la fiducia nella razionalità, che poi si traduce nel lavoro, nella costanza del lavoro. Che implica un approccio alla conoscenza per strati, quindi laico, che genera per sua natura l'umorismo.

Hai fatto il nome di Jerry Lewis, che mi sembra un modello che implica il riferimento a una certa idea di cinema, dunque a una forma espressiva della contemporaneità. Perché nel film, invece, a sostegno della libertà di satira vengono evocati esclusivamente gli intoccabili della tradizione occidentale: Aristofane, Molière, Shakespeare?

Perché sono interviste a persone che hanno voluto fare questi riferimenti. A me era venuto in mente di comprare i diritti di alcuni estratti di performance di Lenny Bruce, per esempio. Ma non è un saggio sulla satira. Da parte di Canfora, di Dario Fo, c'è la volontà di spiegare le radici di questo genere. Con argomenti semplici, si dimostra la pretestuosità e l'infondatezza di certe accuse.

Fra le scelte di base, quella della voce over è ricca di implicazioni. Questa voce è portatrice di contenuti informativi, naturalmente, ma anche di un carico simbolico. Essendo tu stessa la narratrice, è molto interessante il rapporto che si crea fra la voce over, con una materialità timbrica precisa, e la tua voce quando sei in scena. Ti interessava lavorare sullo scarto fra queste due voci? E perché?

È stata una scelta fondamentale, quella della voce narrante. La cosa che avevo chiara da subito, o meglio da quando avevo stabilito che l'inizio sarebbe stato "Io sono un buffone", era che non potesse essere una voce giornalistica, oggettiva, ma che dovesse essere compatibile con il buffone, il narratore della storia. Questa voce dà l'idea della confidenza, della vicinanza, è adulta e infantile insieme... con qualcosa, se vuoi, alla Björk. Una voce appartenente a una creatura che non è proprio identificabile per sesso e per età, abbastanza inquietante. Poi l'effetto che si crea, la distanza fra la voce narrante e la mia voce naturale, mi piace molto – come dire che siamo anche altro rispetto alla quotidianità. Tecnicamente, avevo in mente come realizzare questa voce, tenendo il microfono molto vicino alla bocca, una di quelle cose che i fonici di solito non ti vogliono mai far fare, ma in studio, per fortuna, Maurizio Rizzuto e Riccardo Giagni non avevano questo tipo di pregiudizi.

A livello di scrittura, mi sembra importante rilevare l'impiego di alcune parole di cui la voce narrante intensifica il portato simbolico. Mi riferisco soprattutto alla frase: «Ho visto il popolo». A questa frase corrispondono le immagini della gran folla venuta all'Auditorium di Roma per vedere il RaiOt *censurato.*

Il finale come l'avevo scritto non mi piaceva, allora mentre registravamo la voce mi sono presa del tempo per riscriverlo, e così è nata l'espressione «Ho visto il popolo», che avevo pudore a dire, ma era proprio quello che volevo fare, una maniera un po'... majakoviskijana. Usare la parola "popolo" è un po' rompere un tabù, perché è una parola che non si usa più. Oggi si dice "la gente". Ci sono tanti motivi per cui mi sembrava importante questa conclusione. Uno è che per tutto il film molti politici accennano alla "gente", "a quello che vuole la gente", "la gente ha detto"...soprattutto quelli di destra, mentre quelli di sinistra se ne strafottono; parlano solo con Berlusconi, hanno paura di irritare Berlusconi, di non far sembrare alla "gente" che loro ce l'hanno con Berlusconi. Viene data per scontata un'adesione della "gente" a quello che pensano loro. Poi, alla fine, questa "gente" appare davvero, ed è diversa da come la descrivono loro, non solo perché la pensa in maniera diversa, ma perché ha una sua potenza. Si ascolta, nella semplicità delle cose che dicono le persone intervistate fuori dall'Auditorium, quello che tutti gli altri tacciono: «Lasciateci parlare, siamo venuti qua per ascoltare. Siamo venuti qua per parlare e ascoltare». Una cosa elementare che però nessuno ha detto, nessuno ha rivendicato.

Mi sono permessa di usare la parola "popolo" perché quelle immagini sono sorprendenti, perché c'è una quantità spropositata di persone che sono lì di loro iniziativa. È importante che siano mescolati vecchiette, ragazzini, che ci sia anche il "popolo", in un senso di classe. La parola "popolo", in ogni caso, è efficace perché c'è il senso dell'apparizione, per me e per tutti quelli che hanno lavorato a *Reperto RaiOt* dopo la chiusura della trasmissione televisiva. Tutto ciò aveva un significato particolare e, soprattutto, contraddiceva quello che ci dicevano giornalisti, critici, addetti ai lavori: «Avete concluso facendovi cacciare dalla televisione, tanto alla gente non gliene frega niente». Ecco, questa "apparizione" inaspettata e straordinaria ha avuto un senso forte perché ci siamo chiesti: «Come hanno fatto ad arrivare qui in così tanti, dal momento che la televisione non glielo ha fatto sapere?». Mi sembrava importante sottolineare questo aspetto, anche perché spesso al cinema c'è un popolo che non arriva, o quando arriva è per farti la pelle, come in *Allonsanfan* dei Taviani. Se vuoi è anche un po' come nel western, quando all'ultimo momento arrivano i rinforzi e sei salvo.

Molte delle interviste che hai girato hanno una loro irruenza visiva, per esempio quella a Santoro con il volto quasi in ombra. Preferisci lavorare – ovviamente quando il problema della pura visibilità dell'immagine è risolto – con la luce dell'ambiente o intervenire con fonti luminose supplementari?

Nel caso di Santoro, l'illuminazione era proprio... una merda. Era prima di una di quelle trasmissioni che facevamo dall'Auditorium, quindi i tecnici stavano lavorando per la serata... accendevano e spegnevano le luci nonostante le nostre proteste. L'effetto che ne è risultato, comunque, mi piace. In generale, posso dire che noi non abbiamo mai utilizzato luci supplementari. Mai. Alcune interviste sono anche "rubate", quindi non c'era modo di allestire un set. Questo film l'abbiamo girato in tre, quattro persone in tutto e non potevamo caricarci di attrezzature pesanti. Riguardo alla luce, in particolare, abbiamo comunque usato la videocamera Sony 150, che è luminosissima, con dei filtri che usa Paolo. L'immagine è bella.

E per quanto concerne il sonoro?

Per le interviste con gli interlocutori consenzienti, abbiamo usato dei radiomicrofoni collegati direttamente alla videocamera, e in quel caso Paolo ha fatto anche il fonico. Invece quando si andavano a "rubare" le dichiarazioni, abbiamo usato il microfono sull'asta, registrando le voci sul Dat.

Quando allestisci un'intervista, quali sono i problemi di messa in scena che ti poni in quanto regista? Quali richieste fai all'operatore?

Discutiamo prima a lungo di quello che vogliamo raccontare e sottolineare. Una cosa che mi piace di Paolo è che lui ama parlare, ragionare. Abbiamo tutti un po' questa caratteristica nel nostro gruppetto, anche Riccardo e Maurizio, anche Anita Lamanna che ha fatto l'organizzatrice, anche Clelio, il montatore, e anche Elisa, l'assistente al montaggio; ci piace chiacchierare. Per me sono persone con cui è un piacere stare insieme. Si crea spontaneamente un'affinità di intenti che parlando si rafforza. Una volta appurato che cerchiamo la stessa cosa, ognuno procede a modo suo, liberamente.

Con l'operatore ci mettiamo d'accordo sullo stile, su quanto voglio o non voglio stare io in campo, se voglio dei piani stretti o meno, se magari è il caso di far vedere un po' di ambiente. Per il resto, mi fido molto delle capacità delle persone con cui collaboro. Mi capita di dare delle indicazioni per fare in modo che le riprese siano abbastanza diverse fra loro, per avere una varietà stilistica.

Saltando invece al repertorio, uno dei riferimenti individualizzati al panorama dell'informazione televisiva riguarda il Porta a Porta *di Bruno Vespa. Un segmento del programma viene proposto nella prima parte di* Viva Zapatero!, *in questa sorta di prologo che ha la funzione di contestualizzare la vicenda* RaiOt. *Curiosamente, non hai selezionato un* Porta a Porta *direttamente politico, almeno nella prima parte, ma una puntata sui miracoli. Come mai?*

La puntata di Vespa sui miracoli mi serviva per rendere conto anche di questo aspetto, per far capire che il problema della mancanza di informazione comporta delle conseguenze impensate e si lega all'ignoranza, alla superstizione, allo sfruttamento della credulità, alla manipolazione più bieca. Anche l'ingerenza della Chiesa cattolica nella nostra vita, di cui non si parla nel film direttamente, è conseguenza della mancanza di informazione, perché se uno fosse libero di dare le notizie che vuole, sicuramente non darebbe al Papa e al Vaticano l'importanza che dà loro il nostro telegiornale, che dedica a questi argomenti molto tempo, a commenti di personaggi che dicono cose semplicemente arretrate, pericolose, diseducative e comunque non interessanti. E che, soprattutto, non sono notizie rispetto a tutto quello che succede nel mondo. La puntata di Vespa che ho selezionato mi sembrava un esempio interessante di "armi di distrazione di massa".

Più avanti nel film, la giornalista Marcelle Padovani sostiene che è impossibile far comprendere la trasmissione di Vespa a un lettore francese; a me questa della giornalista sembra più che altro un'iperbole. Se ci pensi neanche il film crede a questa "impossibilità", altrimenti non mostrerebbe i brani di repertorio di Porta a Porta*, non ti pare?*

Sì, il film dice che se ne può parlare come, per esempio, ne "parla" *Blob*, nel senso che ne mostra dei brani, ma anche la posizione di Marcelle Padovani è molto efficace... proprio in quel punto gli spettatori in sala spesso reagiscono. Quella trasmissione è talmente assurda, travalica i limiti della razionalità, e del buon senso, che è difficile parlarne, questo intende la Padovani. Spesso la televisione ti schiaccia a tal punto che non ci sono parole. Quando faccio degli incontri con il pubblico nelle sale, nelle università, una domanda che mi fanno veramente tutte le volte, anche più volte nel corso dello stesso incontro è: «Che possiamo fare?». C'è una sensazione generale di impotenza e, in questo senso, il film viene vissuto come una rivincita, proprio perché trova un modo per raccontare l'irraccontabile, trova le parole.

A livello sintattico, il prologo di Viva Zapatero! *ha dei momenti di montaggio breve (fondu molto rapidi marcati da effetti sonori). Questa punteggiatura è ricorrente in una certa televisione, quella delle pseudo-inchieste d'assalto (penso per esempio al programma* Le Iene*), che fanno un largo impiego di flash cut, jump cut, ralenti. Cosa ti hanno dato queste soluzioni sintattiche in termini espressivi? In alcuni passaggi si ha l'impressione che l'aspetto semantico* *delle immagini (i "personaggi" Santoro, Biagi, Luttazzi, per esempio) possiedano la forza di riformulare l'aspetto sintattico (i collegamenti, la punteggiatura).*

Ho visto qualche volta *Le Iene* e penso che sia un'altra cosa, il loro è un montaggio molto più rapido, molto più frenetico, con effettini sonori continui. Gli effetti sonori che abbiamo usato noi, i fondu a nero e i colpi di tamburo, danno un senso di marcia funebre e non di giochino. Quando uno dice una cosa ridicola il colpo e il nero sottolineano l'aspetto drammatico della stupidaggine che è stata detta.

Un altro effetto è dato dallo split screen, con l'immagine fissa di Lucia Annunziata, Ruffini e Petruccioli divisa e moltiplicata in tanti frammenti. Questa proprietà di quadro è funzionale alla battuta sulla "rosa di nomi"?

Sì, il senso è quello: dare l'idea di come quelle persone siano intercambiabili. Ho usato lo split screen perché mi aveva molto colpito *Tarnation* di Jonathan Caouette, un film ultra indipendente presentato a Cannes l'anno scorso. Lì se ne fa un uso molto più... esasperato, però.

Quando invece mostri le immagini fisse dei membri del consiglio di amministrazione Rai, a fare da legante c'è una musica burlesca, un poco alla Bregovic, in quei film di Kusturica in cui si balla e si canta anche se il mondo è brutto e ingiusto. Che funzione hai assegnato alla musica in questo punto? Più in generale, che tipo di rapporto hai intrattenuto con Riccardo Giagni e Maurizio Rizzuto, che hanno realizzato le musiche del film?

A me non dispiace *Underground* e, in generale, l'uso della musica a contrasto, come fanno Bregovic e Kusturica, per quanto poi con il tempo quest'uso si sia inflazionato. Per quanto riguarda la musica del film, lavoro con Riccardo e Maurizio da diverso tempo, quindi abbiamo un ottimo affiatamento, c'è uno scambio di idee sul film nel suo complesso, non solo sulle musiche. Mi trovo molto bene con loro. Io non arrivo quasi mai alla messa in scena con il copione pronto o meglio, posso anche arrivare con qualcosa di pronto, ma sono sempre disposta a ridiscuterla perché sono convinta che confrontarsi con la realtà sia una ricchezza. E non ci rinuncio per nessuna ragione al mondo. Molte persone si trovano spiazzate, perché sono convinte che tutto debba essere preparato prima, prestabilito. Invece con Riccardo e Maurizio mi trovo bene perché costruiamo le cose man mano: loro inventano tante cose e sono molto aperti, per esempio se arrivano con una cosa di cui sono entusiasti, ma al montaggio non funziona, sono disposti a metterla in discussione, non c'è il benché minimo screzio – come invece capita con moltissime persone. Loro portano delle bellissime idee... Il brano con le due note ripetute nella scena in cui Furio Colombo parla dei "libroni", dà proprio la sensazione di qualcosa che striscia, che si insinua, ed è molto efficace. Poi, in molti casi, c'è un uso della musica a contrasto, e anche il brano finale, irlandese, è molto giusto, molto appropriato.

L'intervista a Fabrizio Morri, il responsabile dell'informazione dei Ds, ci dà l'occasione per parlare di una scelta tecnologica di base del film: il formato, ossia il rapporto fra altezza e larghezza del fotogramma (per Viva Zapatero! *abbiamo l'1:1,66). Morri è inquadrato in primo piano; sta parlando della rinuncia del suo partito ad affrontare in Parlamento la questione del conflitto di interessi, ed è visibilmente imbarazzato. Nell'inquadratura successiva, più larga, il margine basso del quadro è "sporcato" dal frenetico gesticolare di Morri; è molto interessante questo effetto, per-*

ché le mani "composte" sarebbero fuori dall'inquadratura, mentre le mani freneticamente gesticolanti entrano in campo dal basso con piccoli guizzi. Insomma, la linea orizzontale del quadro misura la tensione crescente del soggetto che parla, quasi come nel tabulato di una macchina della verità. Al di là di questo caso specifico, come sei arrivata alla scelta del formato?

Sì, il formato è l'1:1,66. Come dicevo all'inizio, benché io abbia sempre pensato al cinema, questa non è stata una certezza fino all'ultimo. Si pensava a un'uscita direttamente in dvd, e dunque anche la scelta del formato teneva conto di questo. Per Venezia ci hanno stampato delle copie in un formato ancora più orizzontale, 1:1,85, che non andava bene perché tagliava un sacco di cose. Poi hanno cercato di convincerci che andava meglio così, perché dicevano che nelle sale non hanno il mascherino adatto per l'1:1,66... ma ho tenuto duro e le copie successive sono state stampate nel formato 1:1,66.

La sequenza in cui si svolge la seduta della commissione di vigilanza Rai mentre tu aspetti in strada è una delle più dense del film sotto il profilo dell'elaborazione formale. Abbiamo un contrappunto audiovisivo così articolato: nell'immagine ci sei tu, in attesa; sulla colonna audio ci sono gli interventi di alcuni membri della commissione che tuonano contro RaiOt. *Sembra una costruzione tutto sommato semplice, ma se analizziamo la densità di questa colonna sonora, si fanno delle scoperte. Intanto, possiamo dire che la parola senza corpo dei politici riuniti in commissione porta con sé l'ambiente in cui è proferita, dunque si crea una fortissima dialettica interno/esterno che raddoppia il discorso contrappuntistico suono/immagine, cioè abbiamo un interno-tutto-sonoro che fronteggia un esterno-tutto-visivo. E poi c'è l'ulteriore elemento del suono musicale, che con una sorta di ripiegamento affettivo aderisce evidentemente alle ragioni dell'esterno, ossia alle tue.*

Sì, c'è questo gioco tra quelli che prendono le decisioni che stanno dentro e non si vedono e quelli che le subiscono e stanno fuori. Ciò dà l'idea dello scollamento della politica dai cittadini. Quando Nerazzini è andato a filmare Petruccioli, è tornato anche con delle registrazioni audio della commissione di Vigilanza. Volevo montarle con le immagini del Parlamento e io fuori che "ascoltavo" quanto dicevano. C'era anche l'idea di montare questi interventi all'inizio del film, sul nero, ma non volevo cominciare così. Mi è sembrato più interessante che queste cose aggressive fossero dette proprio "sulla faccia" della persona a cui si riferiscono... questo crea un contrasto importante. Dicono delle cose violente, giustificano l'ingiustificabile. Ecco, sentire quelle "vociacce" e vedere una donna che passeggia e ascolta crea un effetto forte, perché in realtà sembra che stiano parlando di un cinghiale... anche perché, senza che nel film venga mai detto esplicitamente qual è l'effetto psicologico di questa aggressione, quella singola sequenza rende l'idea.

La prima apparizione di Petruccioli parte dal consueto split screen per arrivare a un piano unico, sottoposto però a due artifici ottici, uno zoom out ottenuto in postproduzione e uno zoom in manuale. Perché la volontà di "manipolare" questo piano che, secondo me, ha già una sua forza ontologica, di constatazione?

Serve per raccordare questo piano con lo split screen. È una questione puramente ritmica. Senza lo zoom c'era come una frenata brusca, sgraziata.

Uno dei punti-chiave del progetto formale di Viva Zapatero! *è senz'altro la scena dell'incontro con Dario Fo. In ogni documentario contemporaneo, quando il regista è anche protagonista o deuteragonista, la sua figura in scena, che probabilmente nelle intenzioni vorrebbe avere un valore confermativo, finisce per fagocitare il film. Accade, per esempio, in* Comandante *di Oliver Stone, in cui il regista tende non soltanto a entrare in campo, ma anche a reclamare per sé un gran numero di piani. Nella scena di Dario Fo, invece, la tua presenza al margine destro, di spalle, è un campo cui non subentra mai il relativo controcampo. Questo gesto formale è la sottolineatura di una capacità di ascolto, di rispetto – non necessariamente il prevedibile rispetto che si deve al grande artista, ma quello che si deve, in quel punto, al discorso argomentato.*

Lui è il maestro a cui sono andata a chiedere un parere. Era giusto farla così. Avevo chiesto due macchine da presa perché, nel caso avessimo fatto una gag, c'era bisogno di due punti di vista per montare bene, per avere un ritmo comico. Ma visto che non c'è stata nessuna gag degna di nota, non c'era motivo di usare l'altra macchina.

Nell'intervista a Flavio Cattaneo, il quadro è molto dinamico, concitato, nonostante si tratti di una conversazione (credo) concordata. Questo medesimo tratto stilistico si nota nel dialogo con Luciano Canfora, che pure è di tutt'altra temperatura emotiva. Perché in entrambi i casi hai chiesto all'operatore la concitazione della macchina a mano?

Non gliel'ho chiesto, il fatto è che con Cattaneo non riuscivo a stare zitta e Paolo passava velocemente da lui a me, perché parlavamo uno sopra all'altro. Quando sono andata a intervistarlo era la prima volta che rimettevo piede dentro la Rai dal giorno della censura. I vigilantes che mi hanno dato il passi mi guardavano come se fossi un'imbucata, ecco, mi è sembrato che la Rai non fosse più casa mia. Solo i cartelli con scritto FUORI SERVIZIO o ASCENSORE ROTTO mi davano un senso di familiarità. Come tornare nell'astronave di cui si sono appropriati gli alieni. Non so, non che la Rai mi abbia mai messo molto a mio agio in verità, ma ero un po' più nervosa del solito. Con Canfora invece la macchina è tranquilla come al solito. È un po' più montato, perché ho dovuto prendere una frase da una parte e una dall'altra. È una macchina a mano, ma non mi sembra concitata.

Quando si vedono le testimonianze e le opinioni della stampa estera viene in mente quella scena di Aprile *in cui Nanni Moretti è al ristorante con un affettato giornalista francese che mostra stupore per il conflitto di interessi berlusconiano oltre che per i fascisti al potere, e infine implora monsieur Moretti di fare un documentario sulla situazione italiana – una messa in scena non tanto diversa dagli spot elettorali di Craxi, in fondo. Mentre con l'attore inglese Rory Bremner nel film interagisci molto, sia nel duetto Berlusconi-Blair sia nei momenti in cui vi confrontate come autori di satira calati in realtà sociali differenti, perché con gli autori francesi hai scelto di metterti proprio fuori? Il rischio non è di sentire una lezioncina, frontale e assertiva?*

Con Rory abbiamo fatto uno sketch insieme, lui è stato molto generoso, mi ha inserito nella registrazione del suo programma pur avendo pochissimo tempo. Abbiamo potuto lavorare insieme perché ci somigliamo abbastanza, perché ci trasformiamo e facciamo anche un lavoro di ricerca simile. I francesi usano i pupazzi. Gaccio, che è stato pure lui di una disponibilità infinita, fa solo l'autore, non c'era modo di interagire. Ho giocato un po' con i pupazzi, qualche immagine è negli extra del dvd, ma sembra un po' *Turisti per caso*, non c'entra con il percorso del film.

Alcune interviste ai giornalisti, poi, sono state riprese in mia assenza, perché a volte non potevo proprio esserci.

Uno dei materiali anche quantitativamente importanti a cui hai attinto è costituito dai giornali. Dai grande rilievo ai titoli sul caso RaiOt, *su Biagi e Santoro, poi vai a estrapolare e ingrandire passi degli articoli. A cosa si deve la centralità della stampa nel dibattito di cui* Viva Zapatero! *traccia le linee?*

Il problema, anzitutto, è che la vicenda di *RaiOt* in televisione è stata trattata poco e comunque in una maniera infame. Ne hanno parlato brevemente al telegiornale… hanno detto una cosa verosimile all'inizio, quando il programma ha ricevuto quella minaccia di chiusura che poi è rientrata. In questo caso il servizio del Tg3 era attendibile. Dopo di che hanno cominciato a dire delle cose molto distorte. Poi c'è un altro problema: la difficoltà di reperire il materiale televisivo. In Italia, in questo momento, non è possibile accedere al materiale di repertorio della televisione. Quello di Mediaset non te lo danno proprio. Quello della Rai, per il quale un tempo bastava presentare una domanda e pagare un tot al minuto, non te lo danno più se sospettano che dietro ci sia un'intenzione politica… soprattutto se si parla di Berlusconi, di Vespa, o dei telegiornali. Io ci avevo provato in passato e questo è il primo documentario che va in porto ma avevo provato a farne anche un altro. Con le televisioni avevamo fatto dei tentativi, ma ricevevamo in risposta dei fax che dicevano "Il materiale è tutto vincolato" e in certi casi addirittura "Il materiale è sotto sequestro". A un certo punto abbiamo provato anche a presentare la richiesta con un altro nome per un documentario dal titolo provvisorio "Media e cristianità", ma non ha funzionato. Quindi ho utilizzato i giornali anche per comodità, perché sapevo che meno tv usavo e meno probabilità avrei avuto di dover rismontare tutto. Alla fine sono riuscita ad avere i permessi per il materiale della Rai – pagando naturalmente –, ma credo solo perché Sandro Curzi, che è stato presidente per un mese, è intervenuto e mi ha aiutato. Di materiale televisivo ne ho utilizzato il meno possibile. I giornali quindi andavano bene per portare avanti la storia, ma in realtà c'è anche un altro aspetto: c'è una critica diretta alla stampa, per come si è comportata. Dire che l'informazione televisiva è sotto controllo è una cosa; dire che anche i giornali che non appartengono a Berlusconi ne subiscono l'influenza, dà l'idea della gravità della situazione. Della critica alla stampa presente nel film non ha scritto nessuno, e hanno scritto tutti che "me la prendo" con il centrosinistra. Ma io me la prendo soprattutto con la vigliaccheria di molti giornalisti. La censura non sarebbe possibile se non ci fosse questa disponibilità totale all'obbedienza.

Nelle riprese in esterni dei tuoi incontri con i politici, mi sembra che ci sia, al di là dell'intenzione di documentare questi incontri, la capacità "pensile" di cogliere dei dettagli, delle piccole azioni "rivelatrici" che precedono o seguono il momento vero e proprio dell'incontro... penso a Gasparri che bacia un conoscente dopo averti congedata, o alla passeggiata di Bonatesta. Queste immagini, che sarebbero marginali o cadrebbero proprio in un montaggio che valorizzi l'azione principale, si impongono con la loro forza.

Quando Bonatesta si allontana, la ripresa continua ancora più a lungo di quanto non si veda nel film. Nella parte che abbiamo tagliato, si accende una sigaretta, per rilassarsi. Purtroppo era un piano troppo lungo. Credo che questa possibilità di cogliere il reale, di prendere le cose che capitano sul momento, sia oggi favorita dal digitale. Inventarsi le cose sul set, in una produzione cinematografica di medio budget, secondo me è molto più difficile. La capacità di riprendere i gesti minimi è una questione di intelligenza dell'operatore. Tra me e Paolo c'è un'affinità di approccio, per cui se fossi stata io a girare con la videocamera, Gasparri che bacia l'avrei ripreso di sicuro. Perché ha un valore simbolico forte, che ti dà un'idea della strafottenza, ma anche della trasformazione dei fascisti in democristiani.

Un'intervista che fa eccezione, a livello formale, è quella a Marco Travaglio all'Eur, con un movimento di macchina un po' leccato, assimilabile a un carrello laterale, e anche una messa in scena che diventa una "messa in posa", con quella giacca dietro la spalla...

Beh, la giacca è proprio... la sua, dunque... in realtà, tutta l'intervista con Travaglio dura un'ora e venti, e io ho poi selezionato non le "inquadrature" migliori, ma le parti in cui il parlato era più interessante per il film. A me, per esempio, non piace l'inquadratura in cui camminiamo sulla scala, ma quello è stato un malinteso con l'operatore, perché io mi ero messa appositamente un gradino sotto Travaglio, di modo che Paolo stringesse su Travaglio e mi escludesse... invece lui ha fatto l'inquadratura larga, e allora si è creato questo effetto strano. Comunque, abbiamo girato all'Eur, perché con Travaglio si parla di regime e c'era l'idea di girare in un ambiente con un suo fascino, che richiamasse il regime fascista. Poi devo dire che alcune scelte come questa, sono nate perché mi preoccupava il rischio di monotonia delle interviste... non volevo avere, alla fine, una serie di persone sedute che parlano. Allora ho pensato: qualche intervista ambientiamola, diamogli un po' d'aria, ecco. Rivedendo questa intervista a Travaglio, posso dire che l'Eur, proprio in quel momento del film, non mi dispiace per niente.

Un climax nella seconda parte è indubbiamente la riunione al «Corriere della Sera» dopo l'allontanamento di de Bortoli, quando il giornalista anziano Pieroni parla ai colleghi più giovani e ha un momento di disperazione. Che origine ha questo materiale? Che funzione ha nel film?

È preso dal dvd *Citizen Berlusconi*, insieme ad altre due clip. Io ho visto quel documentario qualche tempo fa, l'ho trovato un po' lento, forse perché era pensato per l'estero. Però c'erano alcune cose molto belle, che mi servivano e le ho prese. La testimonianza della riunione al «Corriere» mi sembrava molto efficace. Dallo stesso documentario sono tratte anche le testimonianze dei giornalisti della Rai sulle notizie che non vengono date: le ho prese da lì perché è già un miracolo che abbiano testimoniato una volta. Ho provato a chiedere a qualcuno, ma tutti rispondono di no, perché hanno paura di essere licenziati. La sequenza con Pieroni era molto utile per rafforzare la testimonianza di de Bortoli, che è cauta... per quanto molto sbilanciata rispetto alle sue dichiarazioni precedenti. Inoltre l'importanza dell'intervento di Pieroni sta anche nel fatto che parla non solo dei censurati celebri ma anche di quelli di cui nessuno sa niente.

Questo si capisce molto bene. Invece, saltando al blocco dello spettacolo all'Auditorium, c'è un intervento di Riondino che dice: «È qui nei corridoi che si fa la rivoluzione». Cosa vuol dire?

Non vuol dire nulla, ma ci sta bene. Dà un'idea del clima emotivo... è una cosa che uno potrebbe dire al liceo, quando occupa la scuola.

A proposito di clima emotivo, il rapporto del film con il pubblico delle sale mi pare che meriti un discorso. Fra l'al-

tro tu sei andata in molte sale italiane a fare incontri con gli spettatori.

Sì, per promuovere il film sono andata in tante città e dopo la proiezione, spesso, c'è stata una vera e propria assemblea. Le persone esprimono spesso commozione, rabbia, incredulità attraverso domande o considerazioni. In uno di questi incontri, in una città dove c'era davvero tanta gente, c'è stato un piccolo incidente degno di essere raccontato.

Una signora mi ha chiesto se era vero che Celentano mi aveva invitato e io ho risposto; mi ha poi chiesto se sarei andata dall'Annunziata e io le ho detto: «Le rispondo volentieri, ma mi dica la verità: lei è una giornalista?», e quella: «Sì, lo ammetto. Come ha indovinato?». Le ho risposto che solo un giornalista, dopo aver visto questo film, fa delle domande del genere, perché le domande che vengono in mente a qualunque altra persona sono di tutt'altra natura. È come se ti facessi vedere un morto ammazzato e tu mi domandassi se ha le scarpe di Della Valle. Al che lei si è risentita e ha fatto presente che la vita dei precari è molto dura e che non aveva scelta. Le ho detto che capivo, ma non avevo scelta nemmeno io, non poteva chiedermi di essere complice della sua missione di depistaggio. Allora qualcuno del pubblico ha preso le sue parti, altri applaudivano me, altri ancora – gli organizzatori –, spaventati per il tafferuglio, hanno provato a chiudere la discussione riportandomi un mazzo di fiori che già mi avevano regalato all'inizio. E poi uno del pubblico mi ha chiesto: «Ma tu sei senza peccato?».

Questo lo trovo molto significativo. Una testimonianza di sottosviluppo culturale per cui la critica è vista non come un contributo, ma come una sfida animalesca per contestare il posto a un altro. «Ti attacco perché sono meglio di te e voglio farti fuori.» Anche i politici spesso reagiscono così, anche nel film dicono «voi usate la tv per diventare famosi e poi candidarvi in politica». Non è concepibile che si difenda un principio, la dignità del proprio lavoro, un diritto. Una delle domande più frequenti in questi dibattiti con il pubblico è: ma come possiamo fare per informarci? Informarsi in questo Paese è un problema. Ci riesce chi ha il tempo e le possibilità economiche e intellettuali di leggere sei o sette giornali o chi ha il satellite e conosce qualche lingua straniera. Questa è una cosa gravissima. Vuol dire che il 95 per cento della popolazione è privata del diritto all'informazione.

Naturalmente i giornalisti non sono tutti uguali e le condizioni di lavoro, come dappertutto, sono sempre più difficili, ma a maggior ragione: parliamone. Non vedo come le cose possano cambiare se tutti tacciono.

Un fatto di libertà
di Luca Bandirali

Introduzione

Gorgia

A Pensiamo che sia un fatto di libertà il non sentire, soprattutto nel servizio pubblico, chiamarci Cosa Nostra, dire che Berlusconi è paragonabile a Mussolini... dire tutte quelle cose che... Biagi l'ha fatto in una trasmissione in cui c'ero io, quindi glielo posso dire per averlo ascoltato come domanda... viene paragonato a Mussolini... questo non è possibile... perché è un fatto di libertà, soprattutto nel servizio pubblico!
B Non capisco... cioè... se uno vuole paragonare Berlusconi a Mussolini non può farlo?
A No! No!
B Scusi, lei ha fatto un'affermazione... perché uno non può paragonare, alle venti e trenta, alle dodici e trenta, alle diciotto e trenta, a mezzanotte, Berlusconi a Mussolini? Perché non può?

Il dialogo sopra citato, dietro l'aspetto di un piccolo diverbio originato da opinioni contrastanti sull'opportunità di un paragone fra Silvio Berlusconi e Benito Mussolini, è invece l'esempio notevole di un problema di comunicazione. A e B, con ogni evidenza, non riescono a comprendersi. Dato che entrambi parlano la stessa lingua, un italiano corrente, l'origine della mancata comprensione risiede forse nel fatto che A non conosce il genere retorico del messaggio: ossia, ignora la figura del paragone, e pensando che sia – poniamo il caso – un carcere durissimo destinato ai simpatizzanti di Berlusconi, giustamente insorge: no! il paragone no! è un fatto di libertà!

Ma supponiamo invece che A sia un signore acculturato; e che conosca bene la retorica, e che sappia che il paragone non ha mai ucciso nessuno, essendo un confronto argomentato fra due termini (per esempio due uomini di governo); se non presenta argomenti a supporto, è una similitudine ("Berlusconi governa come Mussolini"); se si dà come identità è una metafora (per esempio "Berlusconi è un Mussolini"). Aggiungiamo ora l'ulteriore condizione cui sottostava la figura retorica deprecata dal signor A: il giornalista Biagi, reo di paragone, lo aveva proposto in forma di domanda. Questa domanda può essere considerata intelligente o stolta, malposta, finanche imbarazzante; ma che costituisca una privazione di libertà è difficile da sostenere, dal momento che apre una serie di possibilità: accettare il paragone, magari portando degli argomenti positivi (per esempio "sono entrambi calvi", o "sono stati, più o meno in gioventù, socialisti") o negativi (per esempio "Berlusconi non ha la mascella volitiva"); oppure rifiutarlo, come si farebbe se ci proponessero di accostare leziosamente due oggetti incompatibili, come un microchip e un pistacchio; infine non rispondere affatto, dicendo che non abbiamo tempo da perdere, noi, dobbiamo aggiustare il Paese.

In realtà il diverbio tra A e B non sorge in merito alla liceità di paragone, quanto a un livello più generale: quello della libertà. È sulla libertà (teoria e prassi) che A e B non si intendono, perché al signor B che dice, in sostanza, "perché non posso parlare? perché Biagi non può parlare?", il signor A risponde "è un fatto di libertà". Ci sentiamo tutti più liberi se non parlate.

I fatti

Forza di legge

Il dialogo "filosofico" tra il signor A e il signor B è tratto dal film *Viva Zapatero!*, ove A è interpretato dal professor Ferdinando Adornato, e B dal conduttore televisivo Michele Santoro.

In questo senso *Viva Zapatero!* di Sabina Guzzanti rilancia un problema reale: la libertà di espressione, in Italia, non è soltanto astrattamente minacciata, ma oggettivamente limitata. La vicenda della trasmissione televisiva *RaiOt* è ricostruita con il ricorso a un'ampia documentazione: dall'esposizione dei fatti, risulta che un programma satirico è stato chiuso, messo al bando, autoritariamente e senza alcun rispetto per le regole vigenti. È stato bandito con un atto di forza, uno dei tanti cui il regime di destra ha volentieri fatto ricorso in questi anni. La forza di legge, ordinatrice, di cui il regime «si *arroga* il diritto», scriveva Derrida[1], «ogni volta che il diritto è abbastanza indeterminato da lasciargliene la possibilità». Il film *Viva Zapatero!* registra la non risposta di un certo numero di esponenti della politica in merito alla violazione esercitata; mostra poi che non soltanto gli autori delle soverchierie, ma anche i politici di opposizione e i giornalisti sono stati ugualmente evasivi, evitando di intervenire.

Che anche questo film-domanda sia da soffocare, per

1. Jacques Derrida, *Forza di legge, «fondamento mistico» dell'autorità,* Bollati Boringhieri, Torino 2003

"un fatto di libertà"? Un film-domanda non tanto "di" libertà (non chiede la libertà di esprimersi, ma com'è giusto che sia, se la prende); è un film-domanda "sulla" libertà fatta attraverso un dispositivo, il cinema, che evidentemente mantiene una sua forza assertiva, in cui non credono, paradossalmente, quei commentatori che, come vedremo, hanno scritto che *Viva Zapatero!* ha una destinazione televisiva; mentre la differenza di contesto comunicativo, prima ancora che quella del supporto, è produttrice di senso. Rimessa di fronte al problema, ancora una volta, la comunità politica e intellettuale del Paese sceglie di parlare d'altro.

Il riso abbonda

Vedere e riconoscere le forme di questo parlar d'altro è l'obiettivo della lettura critica di articoli, recensioni, interviste, dichiarazioni riguardanti *Viva Zapatero!* che hanno trovato spazio sulla stampa nel corso di questi mesi, lettura di cui stiamo per proporvi gli esiti (allarmanti, per chi è ancora abbastanza reattivo).

La cattiva coscienza di questa comunità si applica alla rimozione collettiva della domanda di libertà. Nel film si apprende, fra le altre cose, che il centrosinistra al governo non ha fatto le leggi "contro" Berlusconi in virtù di un tacito accordo tra le parti; che l'informazione, e la satira, si esercitano in un recinto angusto e sorvegliato. Ma ci si accorge anche che i campioni di questo regime non sanno elaborare le più elementari risposte argomentate, e non per cause contingenti (imbarazzo, disagio) ma proprio per un deficit, a proposito del quale Roberto Cotroneo parla giustamente di sottocultura:

> Una sottocultura verbosa e arrancante, di gente che non rie-

> sce neppure ad arrampicarsi sugli specchi (Roberto Cotroneo, *Viva Zapatero: ridere o piangere, questa è l'Italia*, «l'Unità», 16/09/05).

Più semplicemente, una disarmante «difficoltà di eloquio» (Natalino Bruzzone, *Sfida a distanza Clooney-Guzzanti, due modi di denunciare la censura*, «il Secolo XIX», 16/09/05).

Eppure, di fronte alla violenza e alla sottocultura, sembra che non ci sia di meglio da fare che ridere di cuore. Non il riso beffardo di Franti ai funerali del re, ma quello dell'allegra compagnia in gita. «Si ride anche con i suoi inseguimenti a dirigenti Rai e a vari consiglieri di amministrazione» (Maria Pia Fusco, *La rivincita di Sabina. "Il mio film anti-censura"*, «la Repubblica», 9/09/05), confessa una divertita Maria Pia Fusco a Sabina Guzzanti.

Mario Monicelli, già apostolo del primo grande riflusso post-bellico, dichiara alla stampa:

> Il film mi piace perché si respira un'aria vera di festa non retorica, non piagnona, non lamentosa: è divertente (riportato in Maurizio Porro, *Sabina Guzzanti, l'applauso più lungo della Mostra*, «Corriere della Sera», 10/09/05).

Fra i divertiti più insospettabili, «l'Unità» segnala uno dei protagonisti del film, Claudio Petruccioli, che almeno in un primo tempo aveva reagito enfaticamente ma con sincerità («Sono per loro un'icona da infangare e da distruggere», «il Giornale», 4/10/05) e invece poi dichiara:

> Essere definito un comico dalla signora Guzzanti lo considero un gran bel complimento (*Ruffini: "Non ho chiuso io RaiOt"*, «l'Unità», 10/09/05).

Concorda la guida ai film de «l'Unità»: «I più comici sono Lucia Annunziata e Claudio Petruccioli» (16/09/05). Divisa fra il riso e il pianto, con un'inclinazione al primo, Alessandra Levantesi:

> Montate con spirito, le spiegazioni dei rappresentanti dell'opposizione appaiono tanto divertenti quanto sconcertanti (*Applausi interminabili per Sabina Guzzanti irresistibile "buffona"*, «La Stampa», 10/09/05).

Ancora più disarmante l'anonimo recensore del quotidiano «il Riformista», che ci racconta un'esperienza di visione pacificata, stordita, da artificiale paradiso piccolo-borghese:

> Come un noioso pomeriggio domenicale può essere ravvivato dalla visione di *Viva Zapatero!*. Ieri, complice il fatto che l'Inter avesse giocato sabato sera, e dovendo trascorrere una domenica pomeriggio da solo (la mia dolce metà lavorava, fa l'infermiera), ho deciso di andare al cinema, incuriosito dal documentario di Sabina Guzzanti che tanto successo ha ottenuto alla mostra di Venezia (anonimo, *Sabina, mon aMoor* [sic], «il Riformista», 26/09/05).

Oppure l'apoteosi del recensore di «Trovaroma», supplemento de «la Repubblica»:

> Un documentario satirico che regala allo spettatore ottanta minuti di spettacolo esilarante («Trovaroma», 15/09/05).

Meglio di tutti lo definisce «Vanity Fair»: «Un po' comico, un po' amaro» (R.N., *Il lato divertente della censura*, «Vanity Fair», 6/10/05). Praticamente un chinotto.

Questa condizione di stordimento apre il campo anzitutto a una destra gigiona, altrettanto divertita. Si compiace uno dei protagonisti della pellicola:

> Ero addirittura annunciato su alcuni giornali tra gli attori – involontari – e volevo vedere come me la cavo nella

> parte del cattivo (Marcello Veneziani, *La Guzzanti è figlia di Berlusconi*, «Libero», 30/09/05).

Lo schermo derealizza il "cattivo" Veneziani e lo trasforma in un *villain*, nel rapinatore di un noir o nel fuorilegge di un western? Piuttosto, la retorica di Veneziani somiglia – come il personaggio, del resto – all'acconciatura antiquata di un vecchio e pettegolo *dandy* di provincia. Per fare chiacchiere da bar, usa la preterizione, ossia il negare che si dirà una cosa per meglio dirla:

> Non vi dirò nemmeno la perfidia di Antonio Ricci che lei si è fatta raccomandare dal padre a Berlusconi e pubblica i suoi libri contro il Cavaliere dall'Einaudi che è di proprietà di Berlusconi, senza ricevere censure (Marcello Veneziani, *art.cit.*).

Tante negazioni dell'evidenza fanno scuola, al punto che Antonio Socci, forse piccato per essere apparso sullo schermo soltanto in un fugace primo piano, fa una serena considerazione sulla vicenda di *RaiOt*:

> I programmi che cambiano e vengono chiusi sono tanti, è un avvicendamento normale: c'è chi strilla atteggiandosi a vittima di persecuzioni e chi non lo fa. Io appartengo a questa seconda categoria.

Un'altra considerazione, benevola anche questa, riguarda i giornalisti epurati da Berlusconi:

> Io non ho nulla contro la presenza in video – poniamo – di Santoro o Enzo Biagi (ben vengano), ma ritengo che la Rai e gli spazi nei palinsesti non siano proprietà esclusiva di quattro o cinque persone. Credo che ci sia inoltre un pluralismo culturale da salvaguardare, importante quanto il pluralismo politico (Antonio Socci, «Corriere della Sera», 6/10/05).

Da cui si evince che la chiusura del programma satirico per cui Sabina Guzzanti "strilla" è un normale avvicendamento; e anche l'allontanamento di Biagi e Santoro si può leggere, calcisticamente, come un salutare *turn over* che fa bene al pluralismo.

> Quello che irrita però non è questo mondo a tesi, questo vittimismo da ex raccomandati miliardari a presenza fissa in Rai con la sinistra (Biagi, Santoro e Guzzanti appartengono a costoro), che lamentano chissà quale epurazione per colpa della destra, quanto piuttosto la mancanza di respiro di tutto il discorso (Dimitri Buffa, *Il "monologo con Io" della Guzzanti-Zapatera*, «L'opinione», 16/09/05).

La mancanza di respiro viene, piuttosto, al lettore che si vede definire la caratterizzazione di Lucia Annunziata come fatta di "trucchi degni di Goebbels". Goebbels, per chi non lo sapesse, è stato il ministro della Cultura del Terzo Reich, e ha firmato interessanti decreti legislativi come questo del 27 novembre 1936:

> Poiché quest'anno non ho notato un miglioramento della critica artistica, ne proibisco una volta per tutte il proseguimento, nei modi in cui è stata esercitata finora. D'ora in poi il racconto del fenomeno artistico prenderà il posto della critica, che si arroga il diritto di farsi giudice d'arte [...]. Il critico dev'essere rimpiazzato dal redattore artistico. Il pezzo sull'arte non dovrebbe valutare, ma limitarsi a descrivere. Dovrebbe cioè mettere il pubblico in condizione di farsi un giudizio suo[2].

Il titolo di un commento apparso lo stesso giorno sul quotidiano «L'opinione» recita: «Come parlare male della Rai saccheggiandone l'archivio». Cosa significa, che

2.Cit. in Cinzia Romani, *Stato nazista e cinematografia*, Bulzoni, Roma 1983

non si può fare? Per avere le immagini bisogna promettere di fare i bravi? E chi vuole "parlar male" cosa fa? Un film a cartoni animati? Quella che al titolista de «L'opinione» sembra una contraddizione in termini (criticare la Rai utilizzando immagini del suo archivio) è un fatto normale: per contestare un pessimo articolo, per esempio, di solito se ne citano alcuni passi.

La televisione non è il mondo?

Certo, il film di Sabina Guzzanti porta sullo schermo un caso di censura televisiva; e a questo proposito, Goffredo Fofi fa bene a ricordare che «la televisione non è il mondo» (ma una parte del mondo, sì: l'Inter vista in televisione vince o perde proprio come quella sul campo, nel "mondo"), ad ammonire che «la libertà di parola non è solo quella di satira» (ma se non si comprende il valore di una libertà relativa, locale, difficilmente ci si intenderà sulla libertà universale), e infine che «si ragiona certamente meglio se la televisione non la si guarda e non la si ascolta» (*La televisione non è il mondo*, «FilmTv», 27/09/05). Considerazione quantomeno curiosa per uno che nella collana "Piccola Biblioteca Morale" delle edizioni E/O da lui curata ha incluso un bellissimo libro di Serge Daney in cui si afferma, fra le altre cose, che «la televisione viene guardata perché è tutto ciò che esiste di realista»[3].

Viva Zapatero! crede nel fondamento ontologico; non nell'effetto "di reale", ma nel principio di realtà. A Giuliano Ferrara che le dice: «Petruccioli lei lo prende che parla con una certa difficoltà, lo mostra in imbarazzo», Sabina Guzzanti risponde: «Io lo prendo? Ma Petruccio-

3.*Cinema, televisione, informazione,* Roma 1999

li parla così» (*Otto e mezzo*, La7, 12/10/05). Le prime "contestazioni" al *final cut*, infatti, non mettono mai in dubbio che in *Viva Zapatero!* ci sia della realtà, anzi.

C'è chi rimpiange una scena caduta al montaggio:

> E ho anche aggiunto a Sabina: «Io alla fine mi sono dimessa, se fossi una persona onesta dovresti rivedere il tuo giudizio su di me». Perché questa parte l'ha tagliata? (Lucia Annunziata, cit. in Luca Telese, *Viva Zapatero, abbasso Petruccioli*, «il Giornale», 4/10/05).

Violante pretende ben più di una misera scena: andava inserito nel giusto "contesto", come ha spiegato al «Corriere della Sera» il portavoce Cascella; in sostanza, sarebbe stata più avvincente la versione *uncut*, in piano-sequenza, del suo intervento alla Camera, in grado di far emergere

> il carattere chiaramente polemico (e, perché no, parossistico, se non ironico) di quella confutazione dell'accusa al centrosinistra di nutrire un qualche spirito di vendetta (Pasquale Cascella, «Corriere della Sera», 6/10/05).

Se non ci fosse un fondamento ontologico, Violante anziché sollevare il problema del "contesto" potrebbe dire: «Non sono io, quel Violante, è un'immagine bidimensionale creata ad arte per somigliarmi»; come mai invoca la versione integrale di se stesso, se la televisione e il cinema che la ingloba non sono anche "mondo"?

Ci sono invece quelli che avrebbero tanto voluto esserci comunque, anche a spezzoni, in *Viva Zapatero!*.

> Sabina interpella i colleghi inglesi e francesi su questa Italia rassegnata al berlusconismo pervasivo. E ce ne dicono di tutti i colori, convinti che da noi non ci sia uno straccio di giornalista coraggioso. Qualcuno però ce n'è,

e Sabina avrebbe fatto bene a evocarlo senza timore di altre critiche (Mariuccia Ciotta, *La tragi-commedia dello strano Paese dei moderati*, «il Manifesto», 16/09/05).

Sintomatica la scelta del verbo "evocare" (ossia, secondo lo Zingarelli, «richiamare dal mondo dei trapassati»), a suggerire che i giornalisti coraggiosi non sono più fra noi. Qualche giorno prima, la giornalista chiudeva lo stesso identico pezzo che poi riproporrà in forma di recensione, interrogando fiduciosa le immagini alla ricerca di un amico, proprio come si fa arrivando a una festicciola:

Qua e là, al bordo di qualche sequenza spunta il nostro Vauro. Non parla, ma che bisogno c'è? Basta una sua occhiata per giustificare il ricorso alla censura preventiva. Per fortuna, Sabina non è sola (Mariuccia Ciotta, *Quella comunità di estremisti che ama Sabina*, «il Manifesto», 10/09/05).

A ciascuno il suo: l'ex direttore Rai Cattaneo viene definito da un ammiratore (quello che era andato in Sicilia a fare uno scoop sulle due Simone in vacanza) «un'oasi nel deserto sinistro» (Miska Ruggeri, *"Viva Zapatero", Guzzanti & C. ci riprovano*, «Libero», 9/09/05). Anche Veneziani, però – come Fofi, Ciotta, Annunziata – ha delle omissioni da segnalare:

Ma quando vedremo al cinema i tanti casi di maccartismo a rovescio che ci sono stati negli ultimi trent'anni in Italia? Per esempio un bel film su come chiusero o furono riconvertite riviste e giornali conservatori negli anni Settanta [...] il cabarettismo anticomunista stroncato. [...] E le storie di editori, direttori, cineasti, attori e autori intimiditi ogni volta che osavano aprirsi a destra (Marcello Veneziani, *art.cit*).

Per quanto riguarda il cabarettismo di parte avversa, ci

vuol pensare Fofi, che avrebbe rifatto volentieri il casting:

> [Sabina Guzzanti] critica la sinistra, ma dimentica (perché?) Veltroni. Mostra per un attimo un girotondo ma non cita mai (perché?) Moretti (o è Moretti che non ha voluto esser citato ed entrare in questo spettacolo?) (Goffredo Fofi, *art.cit.*).

Con altri intenti (probabilmente sferzare proprio lo sclerotizzato *establishment* del cinema italiano), anche Flavio De Bernardinis ha da segnalare omissioni:

> Fra coloro che vengono intervistati nel film, o sollecitati a rilasciare una piccola testimonianza, non c'è una, dico una, personalità appartenente al *mondo del cinema*. Sarà certo un caso, un evento comunque fortuito, ma sullo schermo antropologico di *Viva Zapatero!* non passa alcuna figura facente parte della numerosa comunità del cinematografo («Segnocinema» 136, novembre-dicembre 2005).

Se non c'è il mondo-del-cinema, in compenso c'è del mondo, nonché, come ancora De Bernardinis rileva, una prospettiva di lavoro, di intervento sul mondo stesso:

> *Viva Zapatero!* riesce a scansare la triste, mefitica visione del mondo che impera oggi, nell'ambito del nichilismo trionfante di mass media e Tv. Oggi, a dominare, come vuole un certo automatismo di pensiero, di destra di sinistra e di centro, laica e cattolica, è la visione *esoterica* del mondo. Il mondo, prima ancora che la società, sarebbe pervaso da forze occulte che stabiliscono destini comuni e individuali. Forze di fronte alle quali è inutile resistere, ininfluente capire, superfluo denunciare (De Bernardinis, *art. cit.*).

Una visione esoterica, fosca e immobilizzante, come questo spaccato di storia patria di Fofi:

> [...] giornalisti e politici sono in Italia responsabili e complici alla pari, ma la Guzzanti un'eccezione la fa per i suoi e per il direttore di «la Repubblica» un giornale che io considero tra gli artefici dell'intima corruzione del Paese nel corso degli anni, dentro la logica di un potere economico oggi avverso a Berlusconi ma non meno nefasto per la nostra storia, perché non si arriva a Berlusconi per caso, e Berlusconi è il mostro creato dal dottor Frankenstein della Fiat e dai suoi amici e servi. Eccetera (Goffredo Fofi, *art. cit.*).

Ma questo è il mondo a televisione spenta, o una favola che Fofi si racconta prima di dormire il sonno dei giusti? L'Italia corrotta (e pure nell'intimo, cittadino per cittadino) da un giornale; i soliti "amici e servi" senza nome, poi addirittura Frankenstein, e alla fine quell'incredibile "eccetera", che inghiotte tutto e tutti, che livella le esperienze, le opinioni, i percorsi di ciascuno, di modo che persino Fofi, in forza al «Panorama» di Berlusconi per molti anni, possa assolversi, e riposare in pace.

Intermezzo I: Cosa arieggia?

Radio Tre, trasmissione Radio Tre Mondo*, 7/10/05, tema: «Satira e politica: un'anomalia italiana?»*

PAOLO FRANCHI (*temporeggia in attesa che l'ospite raggiunga gli studi di Radio Tre*) Bene... Sabina è sempre nel traffico romano... dovremmo cominciare ad avvicinarci alla questione...

Corrado Guzzanti propone il personaggio di Francesco Rutelli.

GUZZANTI-RUTELLI Adesso vojo di' una cosa sulla

Rai... dice «La Rai è un servizio pubblico...» ma che pubblico a Berlusco'! La Rai è un servizio tuo! Te l'abbiamo dato a te!

Mentre il brano di repertorio sfuma si sovrappone un imbarazzato Franchi.

PAOLO FRANCHI Ecco... ecco... mi dispiace perché è uno straordinario numero e mi dispiace interromperlo, però... ci ha avvicinato a uno dei temi della nostra puntata di oggi... nel frattempo è arrivata trafelata, vittima del traffico romano, Sabina Guzzanti, che saluto.

SABINA GUZZANTI Buongiorno.

PAOLO FRANCHI Buon giorno Sabina Guzzanti... allora... abbiamo ascoltato assieme questo... questo brano perché al di là, ripeto, che si tratta di un numero straordinario, molto ricordato, divertentissimo, c'è sicuramente un tema, un problema... la satira diverte ed è più pungente, sicuramente molto di più, quando si rivolge a qualcuno che più o meno dovrebbe fare parte di casa nostra, diciamo... quando è rivolta verso... secca e diretta verso l'avversario è facile che scivoli nell'invettiva o possa diventare, se è fatta male, propaganda, e via discussioni... così invece è sicuramente più sfiziosa, se posso usare quest'aggettivo... però, però si richiama, e non per questo numero, ma in generale, un tema più... generale, che riguarda la satira ma che riguarda un po' il modo, il modo di stare insieme, insomma... soprattutto a sinistra, soprattutto del centrosinistra italiano... cosa arieggia? Arieggia il tema, diciamo, anche questa interpretazione in forma satirica e in forma divertente, arieggia un tema classico e antico che è quello come possiamo dire... del nemico interno? Di quello che è a casa tua ma però tendenzialmente collude con il nemico?... insomma viene sempre in mente... che è più vecchiotto ma ragiona anche in termini politici oltre che di satira, l'antico motto di Pietro Nenni, il quale diceva: «Beh insomma, a sinistra un puro trova sempre un puro più puro che lo epura» ...e quindi, insomma, è uno dei temi delle polemiche e delle discussioni di questi giorni sui giornali e via dicendo, e adesso su questo... lasciamo riposare un secondo Sabina Guzzanti...

SABINA GUZZANTI Io sto benissimo, grazie.

PAOLO FRANCHI ...Che sta benissimo logicamente, ma volevo sentire prima, anche per dare modo a lei di rispondere e di intervenire su qualcosa, volevo sentire prima qualcuno dei nostri sull'argomento satira e politica, visto anche da questa angolatura che non è l'unica angolatura possibile, qualcuno dei nostri interlocutori, per esempio Stefano Cingolani, condirettore del «Riformista»...

Le interpretazioni

Formalisti

Formalista è quella posizione critica che di un film predilige il discorso (il *modo* del raccontare), rispetto alla storia (le *cose* raccontate), sottolineando l'impiego significativo e sistematico della tecnica e della retorica cinematografiche. Nella sua versione più matura, questa posizione include nel dominio delle forme anche la storia raccontata, parlando di "forma narrativa", o – più recentemente – di "campo narrativo". Insomma, è vero che un film è in parte discorso (messa in scena, inquadratura, montaggio audiovisivo) e in parte storia (situazioni, azioni, eventi, personaggi), ma non sono due pianeti distanti, anzi: è dal loro legame strutturale che deriva la forma del film. Per i formalisti della domenica, invece, un film si taglia sempre in due: "forma" e "contenuto". A farne le spese sono molto spesso i documentari, i cui "contenuti" sono talmente manifesti e finanche "urgenti", da occultare le "forme". Nei commenti che abbiamo raccolto sotto questa voce, *Viva Zapatero!* viene rubricato come fallimento formale, ma nessuno spiega perché; l'argomento negativo forma/contenuto riduce il film a un "promemoria" per i critici – diciamo – di sinistra, e a un "filmato" per quelli di destra: il concetto è lo stesso, pienamente condiviso dagli uni e dagli altri. La stranezza di questo formalismo "fatto in casa" è che manca totalmente il momento dell'analisi, dunque mancano gli argomenti: per dire che un film è fatto in un certo modo, se ne dovrebbero individuare i tratti pertinenti; mentre il formalista della domenica preferisce saltare direttamente ai giudizi. Non perché non voglia tediare il lettore con la parte più faticosa del proprio lavoro e preferisca dargliene i "risultati"; ma probabilmente perché non l'ha proprio svolta.

> Non c'è molto di nuovo, né dal punto di vista della forma-documentario, né da quello dei contenuti. In un certo modo *Viva Zapatero!* è un promemoria del disgusto e della rabbia che si dovrebbero provare, con tutti i rischi, e i pregi, di una sorta di autoreferenzialità: parlare alle persone che già sanno, già sono d'accordo, per confermarsi, per fare gruppo, per resistere (Raffele Rezzonico, *Mani legate e bocche cucite*, «i Duellanti», ottobre 2005).

Sulle stesse coordinate, ma con un surplus normativo:

> La sua naturale destinazione sarebbe la televisione. Ma, qui e oggi, questa è una contraddizione in termini. Perciò ben venga nelle sale e poi in dvd perché, non fosse altro che come promemoria, va visto (Emanuela Martini, scheda in «FilmTv», 27/09/05).

Per Fofi «Il film della Guzzanti è, in quanto "film", una cosetta televisiva qualsiasi» (*art. cit.*). «Troppo lungo di un quarto d'ora abbondante», si legge su «L'opinione» (Dimitri Buffa, *Il "monologo con Io" della Guzzanti-Zapatera*, «l'Opinione», 16/09/05) – e precisa «il Riformista»:

> Dal punto di vista della forma, il documentario di Guzzanti è paragonabile a un film porno: per ottanta minuti ci viene reiterato ad libitum sullo schermo lo stesso concetto, con variazioni minime e accoppiamenti inediti e/o esotici.

Massimo Benvegnù si dimostra non soltanto un esperto di cinema porno, ma anche di altri generi ingiustamente minoritari:

> E poi oggi, in Italia, ci sono documentaristi ben più capaci e con storie migliori o almeno inedite e interessanti, ai quali non è certo assicurato lo stesso trattamento di favore riservato a Guzzanti (Massimo Benvegnù, *Venezia scopre il docu-film per non censurare Guzzanti*, «il Riformista», 10/09/05).

E ancora:

> Non è un film. Non è carne da cinema, ma pietanza televisiva. Che debba transitare per le sale dello Stivale suscitando il plauso di platee in odore di rivincita invece di okkupare [sic] il piccolo schermo è la miglior prova del suo essere anomalo (lo Stivale) e necessario (lo sfogo) (Alessio Guzzano, «City», 23/09/05).

Questi giudizi non argomentati (perché *Viva Zapatero!* sarebbe televisivo? in cosa sono più "capaci", precisamente, i documentaristi cui Sabina Guzzanti ha rubato il mestiere?) sono, in quanto formalisti, assolutamente impolitici e spesso (circostanza rivelatoria) automatici, non intenzionali; «Quando il filmato uscirà nelle sale...» (Michele Anselmi, *Il film che tutti applaudono ma nessuno "battezza"*, «il Giornale», 11/09/05); «Sabina Guzzanti, da buffone non di corte ma di popolo, come si dichiara sin dall'inizio del filmato...» (Roberta Ronconi, *"Viva Zapatero!". Sabina vince il Leone del pubblico*, 10/09/05) – ove "filmato" rimanda al servizio telegiornalistico e non al cinema. Fino alla sentenza inappellabile del ministro Gasparri:

> Non penso che si tratti di un film determinante né dal

> punto di vista cinematografico né da quello politico (Miska Ruggeri, «Libero», *art.cit.*).

Per una che ha la cautela, e l'umiltà, di chiedere lumi («Quello che ha presentato a Venezia è un documentario, giusto?»,*"Cari milanesi vi farò ridere raccontandovi tutta la verità"*, «la Repubblica», 16/09/05), la maggioranza dei formalisti della domenica – come certi cacciatori molto attivi nel medesimo giorno – spara all'impazzata.

Non manca l'approfondimento:

> Il metodo viene da Michael Moore: ricostruire, collegare, intervistare, tanto poi le immagini (le facce, le parole, le mezze parole) parlano da sé (Fabio Ferzetti, «Il Messaggero», 20/09/05).

Concorde, anche se più sintetica, Cristina Piccino de «il Manifesto»: «Con tecnica alla Michael Moore» (Cristina Piccino, *"Viva Zapatero" in missione anticensura*, «il Manifesto», 10/09/05), tecnica che però, spiegata invece a un pubblico diverso, funziona così:

> La Sabina nazionale va in giro come una mezza matta a intervistare qualunque uomo politico le capiti a tiro [...] (Dimitri Buffa, *Il "monologo con Io" della Guzzanti-Zapatera*, «L'opinione», 16/09/05).

In generale, sul nome e l'opera di Michael Moore a dire il vero si spendono un po' tutti. Gli esiti del confronto, a uno spoglio sommario dei pronunciamenti, sono i seguenti. Guzzanti meglio di Michael Moore secondo: Luca Telese («il Giornale»), Paolo Mereghetti («Corriere della Sera»), Roberto Cotroneo («l'Unità»), Riccardo Romani («Diario»).

Proprio come Michael Moore, all'italiana, secondo: «Vanity Fair», Lucia Annunziata («La Stampa»), Manuela Tempesta («Rinascita»), «il Riformista», Alessio Guzzano («City»), Pier Paolo Mocci («il Romanista»), Fabio Ferzetti («Il Messaggero»), Valerio Cappelli («Corriere della Sera»), Stefano Milioni («Metro»), Edoardo Semmola («l'Unità»), Michele Anselmi («il Giornale»), Mattias Mainiero («Libero»), Andrea Martini («Quotidiano Nazionale»), Alessandra Levantesi («La Stampa»), Steve Delancey («Libero»).

Peggio di Moore, secondo Emanuela Martini («FilmTv»), secondo la quale *Viva Zapatero!* non ha «l'efficacia e "l'aria" dei film di Michael Moore».

Invece un giudizio argomentato, che mette in relazione piano stilistico e campo narrativo, funziona più o meno così:

> *Viva Zapatero!*, che si presentava esplicitamente come un documentario, e dunque un prodotto, almeno per la nostra cultura audiovisiva, *naturalmente* televisivo, si rivela invece, col passare del tempo, un oggetto di meno agevole classificazione. Sembra televisione, al primo sguardo, ma non lo è. [...] *Viva Zapatero!* non è un'*inchiesta*, come esige il genere televisivo. Non ne ha, per esempio, la retorica. Non intende rovesciare e squadernare i misteri insolubili dell'universo, ma solo *comprendere* come sia passata sotto silenzio una semplice violazione della libertà di espressione. [...] *Viva Zapatero!* non ha la vocazione archeologica dell'inchiesta Tv di scoperchiare tesori, od orrori, nascosti. Nessuna voce *over* pronuncia mai un'interrogativa retorica del tipo: «Cosa si cela sotto la decisione Rai di bloccare il programma? Quale disegno si profila al di sotto di questa occasionale presa di posizione?» (Flavio De Bernardinis, *art. cit.*).

Autorialisti

Una declinazione interessante, per quanto storicamente superata, del formalismo, è l'autorialismo, che consiste nella ricerca dell'artista dietro la macchina da presa, con i suoi stilemi riconoscibili e le sue ossessioni tematiche, film dopo film. Qualche esempio: *Viva Zapatero!* di Sabina Guzzanti è «il secondo da lei diretto dopo *Bimba*», scrive Michele Anselmi, ma è solo uno stratagemma per ricordare che «fu prodotto dall'odiata Medusa» (*La Guzzanti fa la solita tiritera anti Silvio*, «il Giornale», 10/09/05); più interessato all'estetica del cinema il collega Bertarelli, che rincara la dose:

> Il suo primo film, *Bimba*, era brutto e non faceva ridere, difetto piuttosto grave per una commedia satirica (Massimo Bertarelli, *Girotondo in celluloide con vittimismo*, «il Giornale», 10/09/05).

In questo filone si fa notare il fiero "Insolente Marsicano" (questo il suo pseudonimo) sulle pagine di «Puntocom», che con una foga assertiva e un piglio teorico degni di una ribalta migliore fa luce sulla questione strutturale dell'autorialismo: di chi è un film? Secondo l'"Insolente", l'autrice di *Viva Zapatero!* non è la Guzzanti.

> Per quanto ne sappiamo noi, infatti, il collega Alberto Nerazzini [...] ha girato, montato e scritto quasi tutte (dicesi tutte) [sic] i servizi e le interviste presenti in *Viva Zapatero!* [sic]. Eppure, curiosamente, il film risulta scritto, diretto e interpretato da Sabina Guzzanti ("l'Insolente Marsicano", *Guzzanti la smemorata pasionaria anti-regime*, «Puntocom», 21/09/05).

Questo è un vero scoop. La Guzzanti (chiamata alternativamente "Sabinona" e "Sabrinona"), non solo ha firmato sceneggiatura e regia al posto di Nerazzini... ma non è neanche l'interprete del film! La donna sullo schermo è Nerazzini! Queste cose al pubblico vanno dette.

Contenutisti

Una comunità che approva il concetto di film come somma di "forma" e "contenuto", si divide poi tra i "formalisti" sopracitati e i "contenutisti", ossia coloro che si soffermano sui messaggi espliciti e impliciti veicolati dal film, al di là del *come* questo li veicoli. Se i "formalisti" elaborano giudizi estetici, i "contenutisti" propendono per il giudizio etico. Nel *Trionfo della volontà* di Leni Riefenstahl, documentario sul congresso nazista del 1933 a Norimberga, il formalista vede un film «di grandissima forza visiva»[1], mentre il contenutista vi coglie lo spunto per una dissertazione su Hitler. Un esercizio sintetico interessante, tipicamente "contenutista", consiste nel connotare la trama: «Una flotta di tromboni che spara cannonante [sic] contro il tiranno Berlusconi» (Massimo Bertarelli, «il Giornale», 20/09/05). Un altro esercizio ricorrente è l'estrazione del significato sintomatico, andando a situare il film in una tendenza di pensiero: «Non è un film. È il simbolo di una battaglia politica tra due sinistre...» (Lucia Annunziata, cit. in L. Telese, *Viva Zapatero, abbasso Petruccioli*, «il Giornale», 4/10/05).

Ovviamente si può appartenere alternativamente ai "contenutisti" e ai "formalisti" a seconda della convenienza, anche nel corso dello stesso commento; e quindi, dopo aver liquidato *Viva Zapatero!* come una "cosetta televisiva" (forma), ci si può schierare a favore o contro le sue idee (contenuto).

Alcuni esempi.

> Per quanto riguarda il contenuto, trovo che sia decisamente paradossale predicare di censura dallo schermo della Mostra del Cinema di Venezia che è, per questo set-

1.Paolo Mereghetti, *Dizionario dei film*, Baldini e Castoldi, Milano 2004

> tore, l'evento mediatico più importante nel nostro Paese (Massimo Benvegnù, *Venezia scopre il docu-film per non censurare Guzzanti*, «il Riformista», 10/09/05).

Da cui si evince che – siccome al censurato viene tolta per definizione la parola – una volta che parla, non è più censurato; e se per caso approfitta della parola ritrovata per denunciare la censura subita, cade nel paradosso. Secondo la logica di Benvegnù, a Venezia si dovrebbero mostrare documentari sulle gondole.

Il documentario a tratti va a senso unico a tutta velocità. Si chiama in causa il fascismo. Furio Colombo sottolinea almeno una differenza:

> Allora si intimidiva fisicamente; oggi le intimidazioni sono psicologiche (Valerio Cappelli, *Satira*, «Corriere della Sera», 16/09/05).

Allora possiamo stare tranquilli.

> Lezioni di libertà. Le ha impartite a Venezia la nota pasionaria Sabina Guzzanti [...]. Peccato che la sola libertà che interessi Sabina sia quella di farsi gli affari suoi in Rai (anonimo, «la Padania», 9/09/05).

Ne consegue che una persona che intende continuare a fare il proprio lavoro (qualunque esso sia, dalla televisione alla fabbrica) chiedendo garanzie e rispetto per sé e per tutti, è un profittatore. Più padanista del padano, sempre Fofi:

> Ignara di storia ed economia, di politica e di Pasolini [...] la Guzzanti [...] vede un nemico che qui sembra tale solo perché non le lascia il suo spazietto laterale (Goffredo Fofi, *art.cit.*).

> La Guzzanti se l'è legata al dito e dopo mesi di battaglie (e sconfitte) giudiziarie, ha deciso di trasformare in film l'odio verso chi l'aveva estromessa (anonimo, «Libero», 16/09/05);
>
> [Sabina Guzzanti] ipoteca un mare di livori e rancori isterici per un'Italia che non è stata maccartista e censorea [sic] come dipinge. Per questo, giusto per fare dispetto alla famiglia Guzzanti, ci piacerebbe tanto che a Venezia vincesse Clooney [sic] (anonimo, *Meglio Clooney che Guzzanti*, «il Riformista», 11/09/05).

Allarga lo scenario Bertarelli:

> Con il conforto dei soliti noti, pronti a tributare evviva a volontà, ogni fallito alla prima occasione riestrae le consuete geremiadi, accusando, tra rabbia e invettive, tutti i nemici che gli hanno messo i bastoni tra le ruote, provocandone l'ingiusto insuccesso. Guarda caso, sono tutti "fascisti" (Massimo Bertarelli, *Girotondo in celluloide con vittimismo*, «il Giornale», 10/09/05).

Il contenutista mette in guardia il lettore: «...Gli arruffapopoli sanno distribuire solo ansia e preoccupazione» (Adalberto Bartolomei, *Il caso Santoro e l'azzardo di Petruccioli*, «Puntocom», 10/09/05), e non sono questi appelli da prendere sottogamba.

> Fateci caso: dicono di essere emarginati, e sono dappertutto. Oggi. Figuriamoci domani se, malauguratamente, dovessero sul serio vincere (Mattias Mainiero, *Poveri censurati, liberi di insultare*, «Libero», 10/09/05).

Lo scenario apocalittico, regressivo, fra *1997: Fuga da New York* e *La città verrà distrutta all'alba*, è prefigurato proprio dai "contenuti" di *Viva Zapatero!*: secondo Miska Ruggeri, la Guzzanti:

Conta sulla complicità di una sinistra [...] pavida e/o affaristica. Ma stavolta, con il bis di Prodi, la musica cambierà. E non ci saranno prigionieri» (Miska Ruggeri, *"Viva Zapatero!", Guzzanti & C. ci riprovano*, «Libero», 9/09/05).

Ricordiamo poi che la maggior parte dei formalisti domenicali si dimostra contenutista feriale quando "parteggia" per le idee del film e a buon bisogno ce ne aggiunge di sue:

In Italia, in tv, se sei un politico, *Viva Zapatero!*, non lo puoi dire. Lo Zapatero mediatico non è una persona ma una costruzione ideologica, un'immagine fantasmatica, il babau. Equivale a dire "estremista", che è cosa brutta in sé. *Viva Zapatero!* vuol dire essere pacifista e quindi antiamericano, antioccidentale, insomma amico dei terroristi, fondamentalista, come Zapatero. Il discorso fila! Non dimentichiamo poi che Zapatero è il distruttore della Famiglia e della tradizione! La discussione sui Pacs, tralasciando qualsiasi riferimento al merito delle proposte, si è ridotta spesso a un parlare vuoto in cui "Zapatero" è il termine negativo, roba infetta che ti può rovinare una carriera. Prodi nel dichiarare la sua apertura ai diritti delle coppie di fatto ha subito voluto sottolineare che lui non la pensa come Zapatero, non sia mai! Follini, da parte sua, ha preso la palla al balzo per accusarlo di essersi trasformato in un pericoloso zapaterista (Raffaele Rezzonico, *art. cit.*);

Viva Zapatero! dunque non finisce qui. Anzi, speriamo che quello che abbiamo visto sia solo l'inizio di un'altra storia. Fatta di libertà e partecipazione (Roberta Ronconi, *art. cit.*).

Intersezioni I: Dov'è finito Zapatero?

La questione del titolo è fra i temi trasversali del dibattito, un ponte fra formalisti e contenutisti, sospeso sull'equivoco. La trasmissione televisiva *Otto e mezzo*, caso esemplare di titolazione puramente allusiva, ospita Sabina Guzzanti (La7, 12/10/05) per intavolare un dibattito intitolato *Viva Zapatero!*.Vi partecipano Giuliano Ferrara, conduttore, Massimo Cacciari in collegamento da Venezia e Francesco Cossiga da Roma; si ha la netta sensazione che nessuno di loro abbia visto il film di Sabina Guzzanti, e pertanto la discussione si incentra apparentemente sull'inapplicabilità del modello-Zapatero in Italia; in realtà Ferrara, liberatosi del film, si prepara il terreno per affermare (complici il sonnacchioso, svogliato Cacciari e il caustico, prestante Cossiga) le forti ragioni della politica di contro a quelle deboli della satira. Il simpatico raggiro di Ferrara nasce dal palese impiego strumentale del titolo; ci si occupa del titolo (ossia di Zapatero) per non occuparsi del film. La cattiva coscienza e l'impianto a tesi del programma poggiano su questo spostamento, e Ferrara – in un Paese in cui al furto con destrezza non si nega mai un applauso – si prende i complimenti di Gramellini: «È un giornalista furbo e ha fatto il suo mestiere» (*La bambinaccia domata*, «La Stampa», 13/10/05). Ma la questione del titolo, in effetti, è tanto ricorrente da generare il sospetto che abbiano tutti voglia di fare i furbi, al limite anche per gioco:

> Sabina Guzzanti, cominciamo dal titolo. È più un gioco o una richiesta? (Nicola Falcinella, «la Provincia», 17/09/05);

> Il titolo è un po' una provocazione, versione aggiornata del "dì qualcosa di sinistra" morettiano (Cristina Piccino, *"Viva Zapatero" in missione anticensura*, «il Manifesto», 10/09/05);

> La stampa spagnola prima che a Venezia si vedesse il film, pensava fosse un documentario sul loro presidente ed erano molto eccitati. In realtà tu hai scelto questo titolo perché... (Roberta Ronconi, *Cacciare Berlusconi non ci deve bastare*, «Liberazione», 16/09/05).

Maurizio Porro, critico navigato, spiega:

> Il titolo spagnolo non deve trarre in inganno: Zapatero non c'entra... (Maurizio Porro, *La sorpresa? Sabina Guzzanti contro Berlusconi*, «Corriere della Sera», 9/09/05).

Ma non tutti leggono il «Corriere», e allora:

> Che gaffe il titolo del documentario *Viva Zapatero!* di Sabina Guzzanti in cui il premier spagnolo non compare mai!

Si lamenta su «La Stampa» Gian Antonio Orighi (*La Spagna non ama la tv di Zapatero*, 11/09/05), come chi giustamente si aspettava di vedere Gesù in *Cristo si è fermato a Eboli*. Il giornalista spiega che la riforma televisiva di Zapatero non è piaciuta agli spagnoli, e chiude con un'ironica esegesi:

> Insomma, *Viva Zapatero!* non regge proprio. A meno che il titolo non sia una satira sull'operato del premier castigliano.

Dello stesso avviso Alessio Guzzano, che taglia corto: «Titolo fuori tema» (*art. cit.*). Altri attaccano a viso aperto, ma sempre nel fazzoletto di campo circoscritto dal nome del premier spagnolo:

> Viva Zapatero di che? Ma Santoro sa cosa sta avvenendo in Spagna? (Adalberto Bartolomei, *Il caso Santoro e l'azzardo di Petruccioli*, «Puntocom», 10/09/05);

> Meglio Pancho Villa. Meglio ancora Claudio Villa (Renato Farina, *I capobamba tornano a suonare la carica*, «Libero», 9/09/05).

Strano che nessuno abbia mai chiesto a Ferrara perché nel suo programma non c'è Anita Ekberg.

Intersezioni: Il Trailerone

A completare il quadro, a lato della produzione originata dalla falsa dialettica forma/contenuto ci sono alcuni generi di cronaca. *Viva Zapatero!*, oltre a essere testo, opera, documentario satirico, cosetta televisiva, simbolo delle contraddizioni interne alla sinistra – è anche, indiscutibilmente, un "fatto". A partire dalla Mostra d'Arte cinematografica di Venezia, e proseguendo lungo il cammino del film nelle sale, la stampa registra dati oggettivi (incassi, copie stampate) e raccoglie testimonianze (reazioni del pubblico, curiosità), ricostruendo intorno al film il suo irrinunciabile contesto.

Tutti gli inviati a Venezia indugiano sugli applausi scroscianti del pubblico, ma una strisciante polemica si affaccia a più livelli:

> Il film è stato accolto al Palagalileo da un'ovazione sentita espressa da un pubblico più politico che critico" (Andrea Martini, *Con la mente a "RaiOt" e contro il sistema. Ecco "Viva Zapatero" di Sabina Guzzanti*, «Quotidiano Nazionale», 10/09/05);
>
> Basandosi sui dati dell'applausometro, i due film che hanno conseguito maggiore successo tra quelli visti al Lido, sono stati *Viva Zapatero!* di Sabina Guzzanti e *Good Night and Good Luck* di George Clooney; due film politici, come sbrigativamente si suol dire. Cosa dovremmo dedurne? (Callisto Cosulich, *Sabina spettacolare, più di George*, «Avvenimenti», 29/09/05).

All'esatta lettura dell'applausometro contribuisce il pignolo Romani:

> C'è chi, nell'enfasi, scrive quindici minuti: garantisco una durata apprezzabile tra gli otto e i nove (*art.cit.*).

E infine chiude un esausto Anselmi, su «il Giornale»:

> A questo punto poco conta stabilire se gli applausi siano durati dieci, tredici o quindici minuti («il Giornale, 11/09/05).

Conta poco in generale, ma ancor meno per coloro che pensavano di aver sufficientemente blindato la Mostra con un direttore che, invece, tenta l'abbraccio (mortale) a *Viva Zapatero!*:

> Non c'è politica che tenga, l'unico modo per garantire un'autonomia di linguaggio è fare tribù, gruppo. Per questo sono particolarmente contento di mostrare, fuori concorso, un importante, secondo film sorpresa (Marco Muller, riportato in M. Anselmi, *Il film che tutti applaudono ma nessuno "battezza"*, «il Giornale», 11/09/05).

Molte cronache veneziane risucchiano il film nel gorgo di mesta mondanità lagunare: l'anonimo inviato di «Ciak» racconta di un «Surprise Party al Beck'Stage [sic]» tenutosi la sera prima della proiezione, e poi informa della ricerca di un opinionista di destra da far partecipare al dibattito post-proiezione, chiudendo sornione: «E meno male che al Des Bains soggiorna Marcello Veneziani» (*Avanzi un altro*, «Ciak»).

Piacevolmente spiazzata Federica Gregori:

> Giovedì alla festa a sorpresa per il lancio del film si era visto in anticipo un "trailerone" che pareva incentrato soprattutto sulle imitazioni della Guzzanti del premier, pur con l'inserimento di qualche intervista. Anche la cornice, con i dj del Buddhabar parigino e una piccola simpatica performance di Sabina, sembrava delineare un clima più improntato all'ironia, non sicuramente l'acuto e duro spaccato sociopolitico che ha realizzato la regista (Federica Gregori, «il Piccolo di Trieste», 10/09/05).

Il clima festaiolo trasforma comprensibilmente *Viva Zapatero!* «in un cocktail ad alto tasso di denuncia» (Leonardo Jattarelli, *"Viva Zapatero" fa il pieno di "Viva Sabina"*, «Il Messaggero», 10/09/05). Quando il film esce nelle sale, un colorista del «Corsera» riporta:

> Tanti tutto esaurito; ma solo per *Good Night and Good Luck* e *Viva Zapatero!* si sono viste proteste e litigi tra coppie rimaste fuori (*Tu arrivi sempre in ritardo,* Alberto Pezzotta, «Corriere della Sera», 20/09/05).

Stesso entusiasmo registrato da «Novella 2000»:

> *Viva Zapatero!*, il sorprendente documentario sulla censura e la libertà di informazione in Italia: un film che al festival di Venezia ha incassato quindici minuti di standing ovation e in tre giorni nelle sale [...] il nono posto nella hit dei film più visti («Novella 2000», 25/9/05).

La rivista "storica" del *gossip* non può non immortalare Sabina Guzzanti a passeggio, ricavandone un sapido ritratto: «La "barricadera" Sabina è una donna romanticissima, in barba alla gonnellona da femminista» (didascalia, «Novella 2000», *art.cit.*); birichino Bertarelli, in versione *machista*: «La ragazza, si fa per dire, una qualità ce l'ha: la cocciutaggine» (Massimo Bertarelli, *Girotondo in celluloide con vittimismo*, «il Giornale», 10/09/05); ancora più impertinente Veneziani, che all'orecchio del lettore di «Libero» bisbiglia: «Sono arrivati a paragonare le labbra siliconate della Guzzanti al lifting del Cavaliere» (Marcello Veneziani, *La Guzzanti è figlia di Berlusconi*, «Libero», 30/09/05). Alcuni spettatori hanno le traveggole: «Lei [Annunziata] e Petruccioli [...] appaiono in foto per tutto il film» (Luca Telese, *Viva Zapatero, abbasso Petruccioli*, «il Giornale», 4/10/05); Sergio Menicucci vede, tra le altre cose, «imitazioni di D'Alema o Occhetto» («L'opinione», 16/09/05). Meno frivoli alcuni detrattori, che in mancanza di meglio, tentano una strategia iettatoria. All'arcano rituale si accinge anzitutto Giorgio Carbone (*Botteghino amaro per i compagni Clooney e Guzzanti*, «Libero», 20/09/05). Dopo l'uscita in sala, Carbone esulta platealmente:

> Scarsi gli incassi per *Goodnight and good luck* nel primo week end di programmazione. Ancor più esigui quelli di *Viva Zapatero!*. Con prospettive persino peggiori per quanto riguarda le prossime settimane. Sì, perché per le prossime settimane non varranno tanto gli elogi sperticati degli inviati del festival quanto il passaparola, il più spietato ma anche il più obiettivo dei critici. [...] E la Sabina? I venticinque minuti di applausi al Lido si sono convertiti in 143 mila euro che non faranno recuperare neanche i soldi delle copie.

Lasciamo perdere che i dati di Carbone non includono quel parametro fondamentale che si chiama "media per schermo" (in base al quale *Viva Zapatero!* è il terzo incasso del week end in questione). Carbone non lo dice perché il progetto è un altro: portar male.

Ecco il gran finale:

> È possibile, anzi sicuro, che entrambe [sic] le pellicole siano snobbate nelle prossime settimane anche da spettatori che ad aprile [sic] voteranno come dice Fassino. L'altra sera a metà film della Guzzanti gli unici a ridere eravamo noi (per una caricatura al vetriolo di Lucia Annunziata). Il resto del pubblico (al 90 per cento prodiano, o magari agnolettiano) era di gelo.

Da cosa evince Carbone l'appartenenza politica degli spettatori? Significante vestiario? Dichiarazioni di voto raccolte da lui stesso mediante moduli prestampati? E in quel "noi", in quel 10 per cento di fattucchiere sghignazzanti, chi c'è? Ci sarebbe Massimo Bertarelli che mostra di saperla lunga:

> Dopo aver fatto il film meno visto del nuovo secolo (*Bimba*) Sabina Guzzanti ci riprova con un documentario («il Giornale», 20/09/05).

Bertarelli però non si diverte.

> Fazioso ovvio, ma anche barbosissimo [...]. Anche chi va in estasi per la sinistra sbadiglierà per ottanta minuti.

Dopo quattro settimane in sala, *Viva Zapatero!* supera un milione di euro al box-office.

Intermezzo II: semiologi e fetecchie

Da La7, trasmissione Otto e mezzo, *12/10/05, tema:* Viva Zapatero!

GIULIANO FERRARA Buonasera. Gad Lerner sta celebrando la festività dello Yom Kippur, la festività dell'espiazione ebraica, con la sua bellissima famiglia, con i suoi figli e sua moglie a Milano, e dunque mi ha lasciato solo, ma io sono con Sabina Guzzanti...

SABINA GUZZANTI Non sei solo.

GIULIANO FERRARA ...che è qui davanti a voi. Sono solo a condurre questo programma, ma non solo dal punto di vista umano. L'ultima volta che ci siamo visti in televisione con Sabina Guzzanti io le ho detto "teppista", "ignorante", "bambinaccia"...e lei mi ha detto "fetecchia", che ho trovato, devo dire, molto grazioso come insulto, però siccome siamo un Paese civile queste cose hanno un termine, hanno una fine...

[...]

GIULIANO FERRARA Il film inizia dicendo: «Io sono un buffone». Molto bello, molto forte, molto vero per un'attrice... e però, alla fine, il buffone dovrebbe sconcertare tutti e tutto e almeno tradizionalmente è un modo di aggredire il potere dissimulato... appunto, è differente un buffone da un ribelle... lei invece, che lo voglia o non lo voglia, per il fatto di essere stata censurata, per il fatto che la trasmissione non è più andata in onda, per le compagnie di sinistra militante che si è scelta, per i comizi all'Ambra Jovinelli, risulta un po' un buffone un po' una ribelle, in senso politico, vero, diretto, fuori della satira... Lei vuole colpire Berlusconi e colpire quella parte della sinistra che secondo lei ha fatto dei piaceri a Berlusconi o comunque non si decide a cambiare paradigma.

[...]

GIULIANO FERRARA Presidente Cossiga, le chiedo di intervenire in questa fase... come semiologo ad honorem, siamo un po' tutti semiologi ad honorem, cioè decrittatore di segni... Crediamo a quello che ha appena detto adesso Sabina Guzzanti, al di là ovviamente del fatto che ha detto quello che pensa, il che è ovvio e la buona fede è sempre... ma ci crediamo o no? È vero che in fondo lei fa soltanto della satira, è un talentuoso buffone e dunque averla censurata, averla buttata fuori dalla tv, averla querelata per quello che riguarda le aziende del presidente del Consiglio, eccetera, è un atto di intolleranza verso un talento e un'arte, e non un atto di autodifesa politica?

FRANCESCO COSSIGA Assolutamente sì. Io credo che se Molière è stato tollerato... non tollerato, proprio accettato dai Borboni, da re Luigi che era più importante di Prodi e più importante di Berlusconi, io credo che entrambi che si dividono la tv dovrebbero accettare Sabina... Mi permetto di dire a Sabina una cosa: «Senta Sabina, lei certamente assomiglia a sua madre, è vero?».

[...]

GIULIANO FERRARA Ma lei è sicura che un attore comico, un autore comico o, comunque, chi fa satira possa così identificarsi con il grande mito fondante della legalità?

Conclusione

Da Viva Zapatero! *a... viva Celentano*

Dalla disamina complessiva del dibattito intorno a *Viva Zapatero!*, emergono distintamente dei difetti "di sistema", non contingenti, estesi all'intera comunità intellettuale. Questi difetti sistemici – per meglio dire: questi che noi definiamo difetti – garantiscono la tenuta degli *establishment*, dei "mondi" conchiusi in cui si svolge la vita pubblica degli eccellenti: mondo-della-politica, naturalmente, ma anche mondo-della-cultura con tutte le sue province, compreso il mondo-del-cinema.

L'imperativo di ciascun *establishment* è, fondamentalmente, l'autoconservazione; non c'è, ovviamente, un vero e proprio "numero chiuso", uno statuto massonico-esoterico, ma piuttosto un brutale meccanismo di prosecuzione nel simile, che presiede al "funzionamento" di questi gruppi sociali, alla cui coesione interna contribuiscono non soltanto, com'è ovvio, i loro esponenti, ma anche e soprattutto gli *outsider*, coloro che premono dalle estreme periferie dei "mondi" e aspirano a farne parte.

Un sintomo banale che segnala questa logica di *establishment*, per esempio, è l'omogeneità di riferimenti culturali, fermandoci a quelli strettamente enciclopedici, che abbiamo rilevato negli interventi sul film. Nella trasmissione televisiva *Otto e mezzo*, Massimo Cacciari e Francesco Cossiga, pur venendo da generazioni, formazioni, esperienze diversissime fra loro, contrapposte e –

in altri tempi – le une contro le altre armate, si ritrovano a condividere il medesimo orizzonte referenziale e per di più a renderne conto negli stessi termini nel corso di una polverosa recita culturalista: Molière, Shakespeare, Aristofane, chiamati a sostegno della "libertà" di satira dall'alto dell'indiscussa autorità del canone occidentale. Saltando alle recensioni cinematografiche, è ancora più allarmante osservare la compattezza, la coerenza pseudoargomentativa di una corporazione pur largamente minoritaria e marginalizzata, quella dei critici: questo gruppo ha optato, in blocco, per un culturalismo di segno contrario, tagliato al presente (Michael Moore), e limitato a un genere (l'inchiesta televisiva). Possibile che, a parte le vaghe analogie con i due documentari di Moore distribuiti in Italia e una malintesa retorica televisiva, *tutti* i critici cinematografici non riconoscano altro, in questo film? Eppure *Viva Zapatero!* offrirebbe, da un punto di vista per esempio narratologico, tutta una serie di spunti più o meno arditi: la struttura diaristica, la sintassi del *backstage musical* (film che racconta il tormentato allestimento di uno spettacolo) e persino del western (caduta e rivincita dell'eroe). A livello stilistico, poi, ci sarebbe molto da dire su un *sound design* e un testo musicale tutt'altro che televisivi – a meno che per televisione non si intendano serie di alta elaborazione formale, come *X-Files* o *Alias*. Invece i critici, mentre simulano le differenze, si confermano come gruppo, consolidando la posizione (per quanto ormai inessenziale) che è assegnata loro nel mondo-del-cinema. La linea comune è sia manifesta che implicita a livello di scelte extratestuali: impaginazione, collocazione all'interno della rivista o del giornale. La scelta, per esempio, di destinare a *Viva Zapatero!* – sulle pagine di una rivista di critica cinematografica – non già lo spazio delle schede critiche, ma dei commenti. La scelta di non parlarne proprio, come nel caso di «la Repubblica», che dopo l'*exploit* festivaliero ignora il film, sia come fenomeno, sia come fatto estetico, proprio nello stesso periodo in cui tira la solita volata al cinema italiano. Ma cosa hanno mostrato i film italiani che piacciono tanto a «la Repubblica», in questi anni? Quale valore di negazione – leggi: critica – della rappresentazione sociale corrente hanno prospettato o veicolato? Cosa ha prodotto in termini di consapevolezza e di coscienza sociale l'ennesima "rinascita" del cinema italiano cui il quotidiano di Ezio Mauro non lesina certo articoli entusiastici?

Viva Zapatero! è quantomeno un film di incontri, di "vedute" del reale, che non chiudono in nessun caso l'universo di discorso; è un film che dall'esperienza dell'incontro con l'esistente trae almeno la possibilità, l'eventualità del negativo. Mentre il cinema italiano della "rinascita" è risolutamente affermativo quando si occupa di storia (*La meglio gioventù*), cronaca (*Romanzo criminale*), vita privata (*La stanza del figlio*). Il cinema italiano non fa politica perché, quando mostra un immigrato, ne fa una rappresentazione compassionevole; quando convoca un borghese, gli riempie la stanza di bei libri; non sa riprendere una persona che lavora, una persona che soffre, una persona che dissente[1]. Le ragioni del dissenso sono scalzate dalle ragioni dell'abiura, preliminare alla catarsi, alla grande assoluzione collettiva. Il cinema, questo povero cinema esausto, che ha perso da decenni la propria centralità culturale, non rinuncia comunque alla logica di *establishment*. I cineasti trovano la loro convenienza nelle teorie del genio, non nella prassi del cittadino. Benigni si definisce – fellinianamente, s'intende – un "idiota spaesato" di fronte al reale, un poeta stralunato; ma quando c'è

1. cfr. Enrico Terrone, *Architettura di un luogo comune. Viaggio attraverso i cinque gironi infernali del cinema italiano più recente*, «Segnocinema» n. 128, 2004

da soccorrere la logica di sistema, torna improvvisamente lucido: «Dopotutto faccio cinema, mica comizi...» (intervista di Michele Serra, *Fate l'amore non la guerra*, «il Venerdì» di «la Repubblica», 14/10/05).

Ecco il difetto che *Viva Zapatero!* e il dibattito che ne è seguito hanno avuto il merito di rilevare: esiste ed è diffuso, in Italia, un pensiero forte, trasversale, che non tollera il negativo e sbarra l'accesso a istanze che si pongono come estranee alle logiche di sistema. Di esempi ne abbiamo in quantità; vediamo di isolarne alcuni tratti ricorrenti.

Lucia Annunziata, quando *Viva Zapatero!* è in sala da quasi un mese, pubblica un editoriale su «La Stampa» in cui non nomina mai il film, in un esercizio di reticenza in cui il lettore è chiamato a completare la parte "mancante", ma senza che ci siano dubbi sul bersaglio.

> Una delle grandi lezioni moderne di comunicazione c'è stata data da un film che ormai è un culto: *Fahrenheit 9/11* di Michael Moore. Uscito nel corso delle campagna delle presidenziali americane, è un film strepitoso, in cui gli elettori democratici (americani e non) rispecchiarono la loro frustrazione. Il film accese un caso politico, fu guardato da milioni di persone, venne attaccato dalla destra, è divenuto simbolo internazionale della libertà di stampa: dopodiché le elezioni furono vinte da Bush. La lezione è, naturalmente, in questo finale: nella rielezione di Bush... (*Sinistra a rischio Tv*, «La Stampa», 12/10/05).

In sostanza, una delle grandi lezioni di comunicazione del nostro tempo, è che fare film sul potere porta sfortuna. Non importa se si riesce a organizzare un dissenso, anche estemporaneo; non importa neanche se si fornisce un contenuto informativo alternativo alle versioni istituzionali; quello che conta è non arrecare disturbo a chi lavora per preparare il normale avvicendamento democratico. In quest'ottica il cittadino – e crediamo che il cineasta sia e rimanga soprattutto un cittadino – deve osservare con ammirazione queste persone infaticabili, che ogni giorno si applicano a gestire la transizione da un potere all'altro; e avere fiducia. Vediamo come Annunziata ribadisce il concetto, disegnando quello scenario che riscontreremo in altri interventi:

> C'è stata infatti un'operazione culturalmente forte e riuscita, ma Bush ha comunque vinto. In Italia abbiamo avuto lezioni simili. Per le elezioni del 2001 la sinistra si dedicò alla lotta contro il conflitto di interessi del leader del centrodestra possessore di tv rovesciando contro di lui la stessa tv. Utilizzando gli stilemi resi popolari dalla sua tv commerciale ma cambiandone i contenuti: entrarono così in gioco comici, attori, cantanti e giornalisti che alla fine presero il posto – nel nome del loro appeal presso le larghe masse – degli stessi politici. Inutile ricordare che Berlusconi vinse...

Dopo la lezione americana, per i duri d'orecchi, ecco una bella lezione italiana, in cui si individua meglio il nemico: questo gruppo variopinto di saltimbanchi, prodotto berlusconiano nella forma, ma pronto a darsi contenuti ulivisti (errore strutturale di valutazione che deriva dallo schema forma/contenuto precedentemente descritto: ma è evidente che, per ragioni estetiche – per esempio di messa in scena, recitazione – *Fascisti su Marte* di Corrado Guzzanti, per fare un esempio, non può diventare a seconda della convenienza *Comunisti su Marte*). Al di là del fatto che secondo Annunziata portano iella, di quale colpa si possono accusare i giullari che spuntano da ogni dove durante le campagne elettorali?

> Le elezioni del 2006 si presentano [...] appese a un filo di lana. E quel filo di lana è proprio questa classe media

> indecisa. Non c'è il rischio, con questo tipo di comunicazione, di irritarla o spaventarla di nuovo?

A che titolo Annunziata interpreta i desideri e le paure della classe media? A titolo di sistema, di *establishment*. Il suo editoriale, anche per la povertà sostanziale di argomenti, ha la consistenza di una semplice linea, tracciata la quale si dice: al di qua ci siamo noi, che siamo "dentro" (la politica, l'informazione), in quanto addetti ai lavori; al di là ci siete voi (i musicanti), ed è molto meglio se ci rimanete.

È ancora più esplicito Giuliano Ferrara nelle sue domande puramente retoriche a Sabina Guzzanti:

> Lei considera che un politico di sinistra o di centrosinistra che non è d'accordo con lei, per esempio che vuole, come D'Alema, andare negli studi di *Stranamore*, come D'Alema fece nel 1996, a dire che Mediaset è parte del patrimonio del Paese, che non vuole dare a Berlusconi... diciamo così la "bandiera" di vittima di chi vuole troncare la libertà di impresa e di espressione, quindi non vuole fare leggi contro le televisioni... un politico di sinistra disposto al compromesso o che vuole concretamente organizzare il compromesso, lei lo ritiene, per parlare in modo, così... greve, un venduto, uno che ha dismesso i suoi ideali, uno che non ha più la forza, la coesione culturale per essere quello che dovrebbe essere, oppure rispetta il fatto che nella politica esistano anche queste gradazioni, questi gradualismi? (*Otto e mezzo*, 12/10/05).

La domanda di Ferrara non è altro che una presupposizione, ossia una domanda che contiene un'affermazione che qualsiasi tipo di risposta, implicitamente, convalida. Semplificata, suona così: secondo lei uno di sinistra che ragionevolmente decide di non attaccare Berlusconi, è per forza di cose un venduto? Insomma, come si vede, la questione propone due figure: da una parte, c'è un attento mediatore, l'addetto ai lavori, che sa quello che fa anche e soprattutto quando viene a patti con l'avversario; dall'altra, un tizio inesperto e aggressivo che non capisce niente e insulta. La domanda di Ferrara chiede di scegliere tra il politico riflessivo e l'*hooligan*. Manca almeno un terzo termine, quindi qualunque sia la risposta, essa conferma la struttura profonda della domanda e il suo messaggio: o sei per il politico-politico, o sei per la piazza berciante. Naturalmente, la vera presupposizione è questa: tu sei per la piazza berciante.

Massimo Gramellini assiste alla trasmissione di Ferrara e così commenta su «La Stampa»:

> Chissà come avranno reagito ieri sera i seguaci della timida Sabina Guzzanti nel vederla cinguettare in televisione con Giuliano Ferrara. Gli spettatori neutrali sono lievemente trasecolati. Ma è possibile che nella capitale degli inciuci persino le inimicizie più motivate finiscano per sfarinarsi in rapporti di reciproca utilità contrabbandati per confronto democratico? In pochi altri posti al mondo due persone che ancora nel novembre del 2003 s'insultavano a colpi di ciccione e bambinaccia siederebbero davanti a una telecamera per discettare con toni forbiti di regole e tv.

Come si vede, mentre distorce ad arte ("cinguettare") i contenuti di un dialogo in cui gli interlocutori Ferrara e Guzzanti non si sono trovati d'accordo su nulla, Gramellini si colloca fra gli spettatori "neutrali". Ossia si dota di un punto di vista *oggettivo*. È importantissima, questa mossa del discorso, non tanto per quello che Gramellini ha detto, quanto rispetto a quello che sta per dire:

> [...] un'artista che si è autoimposta la coerenza morale come tratto distintivo non dovrebbe prestarsi a chiac-

> chierate melense con l'uomo che definì "una fetecchia". Non dovrebbe farlo per nessun motivo, neppure per partecipare a una televendita del film *Viva Zapatero!*. A meno che non abbia cambiato opinione sull'interlocutore, s'intende: il che, francamente (per usare un avverbio a lei caro), non risulta. Il ruolo di martire del potere e apostolo censurato della legalità, fra tanti onori, impone anche qualche obbligo. Come quello di sfuggire i contatti che possono corrompere la propria purezza. Altrimenti il pubblico si confermerà nel sospetto che le battaglie di principio hanno le gambe corte e che la sinistra tutta d'un pezzo continua a perderne uno ogni qual volta le capita di imbattersi nei compromessi di cui è intessuta la realtà (*art. cit.*).

Dalla sua posizione *neutrale*, Gramellini estrae alcuni principi interessanti: il primo è che se davvero ci si contrappone politicamente, culturalmente, ideologicamente a qualcuno, non lo si incontra in pubblico, per nessun motivo; per sostanziare un antagonismo reale e non simulato, è più coerente starsene a casa. Con l'ultima frase, infine, Gramellini riprende l'elogio della politica intessuto da Ferrara, e torna a passare la matita sulla linea tracciata da Lucia Annunziata, aggiungendo una nuova discriminante: qua da noi si fanno i giusti compromessi perché questa è la *realtà*; di là c'è un mondo di fantasia, dunque non esistete nemmeno. Così Gramellini non lascia molta scelta: se si varca la soglia, passando dalla simulazione al mondo, bisogna pensarla come lui, come Ferrara e come Lucia Annunziata, ossia come una larga parte degli *establishment* che hanno come scopo primario l'autoconservazione. In caso contrario, non resta che tacere.

Con la stessa fermezza di giudizio, e nel medesimo quadro ideologico, si dà l'intervento di Curzio Maltese che, nello scrivere l'apologia di Adriano Celentano e della trasmissione televisiva *Rockpolitick* (20/10/05) mena un fendente ai saltimbanchi:

> Alla fine, in Italia, anche gli artisti liberi tengono famiglia. Protestano per un po', partecipano alle manifestazioni, s'indignano ma prima o poi cedono e finiscono a promuovere il film (lo spettacolo, il libro o il cd) con la Medusa o Mondadori, al salotto di Vespa o da Ferrara. Eppure di Celentano c'è da fidarsi. Proprio perché non recita da pasionario, da impegnato di professione, firmatario di appelli. Oppure, più semplicemente, perché Adriano non è un mediocre, quindi ama la libertà (Curzio Maltese, «il Venerdì» di «la Repubblica», 21/10/05).

Da cui si evince – esattamente come si legge in Gramellini, ma qui con un fare allusivo indecente – che l'artista libero che partecipa a una trasmissione televisiva non può più proclamarsi artista libero. Che il vero libero pensatore è uno che non fa battaglie civili, non firma appelli, in sostanza se ne frega. E infine che amare la libertà non è concesso a tutti, ma soltanto a coloro che fanno parte (a insindacabile giudizio di Curzio Maltese) di un'aristocrazia.

È un metodo fortemente autoritario di gestione delle opinioni che rientra nel modello anti-dialettico alla base degli *establishment*, per cui Lucia Annunziata prende la parola al posto dei "ceti medi", e Ferrara può parlare a nome di:

> tutta quella parte della sinistra... io dico riformista, moderata, che non vuole il clima apocalittico, la scazzottata continua, che vorrebbe una politica più significativa, meno fatta di contrapposizioni e barricate, e che i fratelli Guzzanti mettono sotto torchio.

Tirando le somme, secondo la logica di sistema, il censurato che parla – lo abbiamo visto – è in contraddizione; l'antagonista che va al confronto è in contraddizione. È in contraddizione anche il comico che informa, perché una gag non può avere un contenuto informativo (errore marchiano: qualsiasi atto discorsivo, e rappresentativo, dice una serie di cose, indipendentemente dal tono serio o faceto). In generale, ne consegue che un cittadino che contesta lo stato delle cose a qualsiasi livello (dal prezzo del pane alla forma di governo), per il fatto stesso di essere cittadino dunque incluso nello stato delle cose che contesta, è in contraddizione con se stesso, con il proprio essere cittadino.

Questa individuazione di contraddizioni è palesemente pretestuosa e irrazionale, per quanto faccia appello alla razionalità.

Note sull'uso della musica in *Viva Zapatero!*
di Riccardo Giagni

Un'allegra malinconia

Le musiche di *Viva Zapatero!* hanno una storia che in parte coincide con il processo di ideazione del film, in parte se ne discosta: percorso abbastanza ordinario, nel cinema, ma che in questo caso ha un rilievo speciale, forse istruttivo.

Quando Sabina mi ha esposto i primi spunti, le prime idee riguardo al suo progetto, ero convinto che malgrado tutto avrei avuto a che fare con un compito collaudato: la creazione della colonna sonora per un'inchiesta in forma di documentario. Perché, allora, il risultato sonoro finale di questo film è così diverso da come appare abitualmente l'illustrazione musicale di un documentario classico? Il fatto è che quando io e Maurizio Rizzuto ci siamo trovati di fronte ai primi compiuti tentativi di montaggio, abbiamo subito avvertito la precisa sensazione che quello sarebbe stato un film molto distante da ciò che avevamo immaginato in prima battuta. Ci sarebbe stata, certo, la cronaca oggettiva di un tentativo riuscito di censura nell'Italia berlusconiana d'inizio millennio, e con essa la ricostruzione implacabilmente cadenzata di tutte le fasi dell'*affaire*; sarebbero stati valorizzati i contributi dei politici e dei *media guys* nostrani, quelli dei "satirici" e dei giornalisti stranieri, e almeno alcuni dei personaggi e delle gag di Sabina avrebbero trovato naturalmente il loro posto, la loro collocazione nel film. Dunque sapevamo che la musica avrebbe dovuto – classicamente e dinamicamente – confrontarsi con il ritmo dei fatti raccontati, nonché con l'inevitabile alone umoristico delle sottolineature e delle caratterizzazioni. E ci eravamo anche attrezzati per rimettere in moto quella poderosa "macchina sonora" che avevamo già utilmente messo al servizio di Sabina, prima con la sigla e le musiche di commento dell'unica puntata teletrasmessa di *RaiOt*, poi con la colonna sonora dello spettacolo *Reperto RaiOt* che nel 2004/2005 aveva attraversato lo Stivale portando scompiglio, allegria e riflessione nei teatri e nei palasport di tutta Italia: una macchina che funziona a due tempi, "botta" ritmica e suono aggressivo, frontale.

Ma non avremmo mai potuto immaginare l'angolatura del quadro generale che il film ha il merito di rivelare con tanta lucidità: è l'affresco di un vero e proprio disastro italiano, politico, sociale, umano. Un disastro borghese, in definitiva. Guardavamo le smorfie dei miserabili censori, la noncuranza arrogante dei cooptati di turno col sorrisino sulle labbra, le ridicole esitazioni dei "garanti" e non ci volevamo credere: persino il grottesco ha i suoi limiti e le sue regole interne, e in questo caso ne eravamo abbondantemente fuori. Ma chi erano, questi? Qual era il loro problema? E che razza di lingua parlavano? Quell'aria di straniamento, di vaporosa assurdità, di surreale comicità involontaria che esalava dai discorsi e dalle facce dei campioni di un'intera classe politica e di potere, reclamava a gran voce una *sua* musica, un *suo* suono specifico. Abbiamo dunque cominciato seguendo anzitutto questo canto di sirene: e il primo insieme di musiche si è presto materializzato nella forma di quei blocchi sonori di carattere *ambient* che attraversano un po' tutto il film. Un suono sospeso, astratto, amorfo, che nelle nostre intenzioni doveva costituire il rispecchiamento e la replica in termini musicali di quel teatro dell'assurdo, la rappresentazione sonora dell'alienazione di questa casta trasversale "scoppiata", una corporazione di afasici che regna e non governa neppure se stessa, senza più una lingua propria né una propria dignità. Nel costruire questo primo repertorio, ci siamo divertiti a mescolare le carte approfittando della nostra diversa appartenenza generazionale: io, anzianotto, guardavo in direzione di Eno, Harold Budd, Holger Czukay; Maurizio, più giovincello, verso le nuove esperienze elettroniche, Alva Noto, Telefon Tel Aviv e altri alieni. Alla fine ci siamo ritrovati su un terzo sentiero, ovviamente: la musica manifesta sempre la sua sapienza nel saltare il bivio, nell'evitare le alternative secche, nell'essere già altrove...

Anche per i brani chiamati a caratterizzare in modo più diretto, trasparente il grottesco di alcuni discorsi e di alcuni personaggi abbiamo chiamato a raccolta i nostri rispettivi Lari e Penati, diciamo pure i nostri dèi musicali di riferimento, non numerosi ma saldi: nasce così la musica che apre a tormentone il film, quella riproposta neo-futurista (un po' da "intonarumori" contemporaneo) del tradizionale russo *Oci ciornia*, calco attualizzato di una parodia di Spike Jones e dei suoi City Slickers, datata 1942. Una scelta di slittamento ironico, di sproporzione forte tra ideologia, storia e fatti contingenti, miserrimi. Mentre i momenti in cui doveva esprimersi con maggiore potenza la forza misteriosa e unificante della musica (ad esempio nel bellissimo finale che segue alla documentazione delle fasi dell'adunata popolare spontanea all'Auditorium di Roma) hanno ricevuto il loro adeguato graffio sonoro, empatico ma ancora una volta piuttosto insolito: sui volti sorridenti dei "colleghi" complici di Sabina e sul disegnarsi del logo del titolo *Viva Zapatero!* prima dei *credits*, risuona – del tutto inaspettata rispetto al contesto e alla coerenza geografica – una *reel* tradizionale dell'Irlanda del Nord, riveduta, corretta e potenziata per l'occasione, con fiddle, cornamuse e tribalità percussive di ogni tipo. Una roba parecchio energica, insomma. Chissà – abbiamo pensato – forse nella sua apparente assurdità è una musica che può aiutare a trasmettere l'idea di un'Italia diversa che non c'è ancora, eppure auspicabile, necessariamente mescolata, meticcia, magari insieme un po' spagnola, un po' irlandese, un po' africana e così via...

Ma infine, l'elemento inatteso che ha definitivamente scombinato le poche certezze che Maurizio e io credevamo di aver guadagnato riguardo alla sostanza sonora di *Viva Zapatero!*, è stato l'uso sorprendente che Sabina ha saputo fare della propria voce narrante lungo il corso del film. Voce-testimone, voce-coscienza, voce-racconto e voce-generazione, catturata dentro un meccanismo *over* che sfugge alle regole e alle retoriche dello stile documentaristico e diventa cinema quasi per infusione magica: ascoltandola, ci si dimentica subito di tanta zavorra e si ripensa piuttosto a certi film della Duras, al controcinema di Guy Debord, persino a *Blue* di Jarman... Ci si domanda da quale passato, o meglio: da quale *presente* arrivi. E poi il "tono" di quella voce... Indefinibile: straniato e insieme *familiare*. Credo davvero che una delle responsabilità maggiori della reazione commossa che così spesso si è manifestata nel corso delle proiezioni tra gli spettatori di *Viva Zapatero!* sia attribuibile proprio a quel tono di voce, alla sua risonanza vagamente enigmatica, al suo sorprendente contrasto con le cose dette e le immagini mostrate. Si sa che nel cinema tutte le voci *off*, e in particolare le voci narranti, "chiedono" assai naturalmente la compagnia della musica. Ma quale musica scegliere, in un caso limite come questo? Credo che la soluzione sia arrivata quando siamo riusciti a sintonizzarci concentrandoci proprio su questo particolare "tono" dell'io narrante della protagonista-testimone: è stato allora che una strana linea musicale, sottilmente malinconica, ha fatto la sua prima comparsa. Eppure, in questo modo il contrasto con ciò che vediamo manifestarsi sullo schermo si estremizza ulteriormente, si acumina invece di appianarsi, o almeno stabilizzarsi: qui la musica, al di là del basso profilo esibito, alimenta in realtà l'incendio promosso dalla regista.

Si può dire dunque che, seguendo per puro istinto politico la lezione di Roland Barthes, Sabina ha saputo trasformare lo sguardo gettato sulle miserie morali, sul nanismo civile, sulla deriva dell'intelligenza di un intero paese, in "materia mitologica", in un discorso cioè che sa collocarsi tra la critica sociale e il cinema. E ha chiuso il cerchio del suo stile senza ricorrere alle opposte retoriche della falsa modestia e dell'autocelebrazione, ma piuttosto ricollegandosi ed esplorando alla sua maniera il nobile genere del *panegirico*, quel discorso suasorio che nella Grecia classica mirava a esaltare l'intima necessità e la coerenza di chi, in condizioni date, "non avrebbe mai potuto dar prova di capacità migliori, *essendo ciò che era*". La differenza è che qui l'eroe è un "buffone" del nostro tempo che compie "il suo dovere" e alla fine sperimenta ("per premio") il contatto diretto ed esaltante con una vasta, variopinta, inattesa agorà di testimoni – la società civile – la *non*-gente: in una parola, "il popolo". La voce *over* che pronuncia le sue impronunciabili verità con tanta serenità e sicurezza, con quella calma un po' sommessa che tanto ha colpito il pubblico, è il vero "scandalo" del film, la sua smisuratezza rispetto al discorso dominante: e infatti non sorprende che un'artista libera e di grande talento sia riuscita a spiacere durevolmente e in modo così intenso ai *poteri*, in tutte le loro articolazioni e parrocchie, malgrado il suo successo popolare. Ed è proprio sulla base di questa dismisura che si gioca – a mio avviso – la potenza espressiva, oltreché la strana bellezza di un film come *Viva Zapatero!*.

Io, assieme a Maurizio Rizzuto, ho semplicemente cercato con il mio lavoro di musicista di concorrere all'approfondimento dialettico di questa scandalosa diversità, e di corrispondervi anzitutto facendo in modo che attraverso una certa coerenza tra immagini, voci, suoni e musiche, la cosa divenisse ancora più sensibile, ancora più incandescente, ancora più radicale.

Il resto poi – come dice una mia amica verso l'inizio del film – "è venuto da sé"...

Come vincere perdendo

di Sabina Guzzanti

Questa che segue è una parodia di un articolo pubblicato da Lucia Annunziata su «La Stampa» il 12/10/05. In questo articolo, scritto in un italiano curioso di cui avrete trovato alcuni brani nel saggio di Bandirali, Lucia sosteneva che Berlusconi vinse le elezioni del 2001 grazie ai comici, cantanti e giornalisti di sinistra così come Bush le vinse grazie a Michael Moore. Concludeva dicendo che la sinistra doveva stare attenta a far tornare in tv i comici e i dissidenti perché spaventano la classe media e fanno perdere le elezioni. Da questo editoriale ho tratto due benefici. Il primo, un buon motivo per declinare l'invito a partecipare al programma dell'Annunziata: perché mi inviti se pensi che faccio perdere le elezioni ai tuoi? da che parte stai?; il secondo, la stesura di questa breve parodia pubblicata su «l'Unità» il giorno 14 ottobre dopo aver tentato, senza grandi risultati, di eseguire il pezzo nell'intervista con "il fetecchia" su La7.

G'è una grante lezione che ci arriva nazionalmende e montialmende dalla televisione moderna (della tv antica si occubino i robivecchi che ne competono): quando Michol Moore si è presendato alle elezioni contro Push ha perso e con gran fragore. Da queste bremesse occettive deve partire la nostra analisi, berché se si spagliano le premesse pure le conclusioni vanno a gampe all'aria. Una volta d'accordo sulle premesse bisogna avere il coraccio ti dire che se si vuole veramente uscire fuori da Berlusconi, la libertà ce la dobbiamo tagliare da soli. I comici e i ciornalisti devono stare zitti sennò poi quando li cacciano si domandano se non stavano meglio prima.

E questo porta a un problema angora più ampio: se non parlano loro, le persone come me tevono trovare qualgosa da dire sennò quello che risghia ti essere penalizzato è l'ascolto.

Ora la soddoscritta, non parlo di me stessa per ragioni di stile, pur insistento da anni con la tv (perché ne riconosce la straordinaria capacità), non ha trovato angora niente da tire. È su questo, Giuliano Ferrara, che ghiedo una tua collapporazione responsappile. Scusa se ti lancio questo grosso punto interrogativo sul piatto, ma te lo voglio sottoborre con tutta franghezza, Giuliano, anche perché credo che pur da posizioni molto lontane tra di loro c'è un punto d'incontro molto ampio, tanto che non ha più senzo chiamarlo "pundo": sareppe meglio chiamarlo "chiazza".

Sullo scenario penso che conveniamo entrambi: da una parte un avversario temibile come Berlusconi che gli basta uno sputo per farti uscire di scena, stroncarti la carriera e lasciarti in mezzo alla strada, dall'altra un'obbosizione che angora non ha capito la lezione che Berlusconi non vince con la forza ma grazie alle sue granti capacità di cominicatore e di interpretatore di bisogni, e poi ci sono i ceppi medi a cui è appeso in orizzontale il risultato elettorale.

Entriamo più in merito.

Siamo daffero sicuri che convenga ricorrere alla tv tell'urlo e tell'insulto? E non mi riferisco al tuo rapporto con Gat Lerner, sai che la mia deontologia brofessionale mi impetisce di parlare male dei presenti, dico in generale naduralmende.

Secondo: se Berlusgoni ha vinto le elezioni è golpa dei gomici, a dimostrazione di questo c'è un arcomendo forte che la sinistra non si opponeva quindi loccicamente non si può attribuire a lei la sconfitta.

Sembre secondo: il motello Zapatero risghia d'essere un poomerang. Entriamo più in merito: un politico radicale come lui che fa delle riforme, è un fattore che fa da bastone con le ruote grosso come una casa per una sinistra riformista che le riforme giustamende non le vuole fare perché rischiereppe di passare dalla parte del torto.

Su questo Prodi dovrebbe andarci col polso più affilato: riformisti sì ma senza riforme, non ci può essere ambiguità sennò i ceppi medi se la danno a gambe all'aria.

Sembre a proposito di ceppi medi un'altra domanda che presto non si potrà ignorare, con questa lecce sulla giustizia salfa Previti tanti banchieri usciranno a piede lippero. La Rai ha un piano per assumerli? O pensate di mandarli a lavare i vetri? Faccio bresentde che nemmeno il cirotonttino Cofferati della sinistra del no dà l'appoccio ai lavavetri, anche a costo di sgavalgare a sinistra le forze tell'ortine in guesta corsa frenetica verso il ribellismo. Questo è un aldro pundo su cui Prodi si dovrebbe esprimere con più chiarezza se vuole vincere.

Congluto per dire che data l'emergenza sareppe necessaria una grande riforma per abolire l'oppligo della logica sia nel servizio pubblico che nel privato. Una soluzione sicuramente atequata purché si abblichi a 360 grati. Una certa sinisdra del no, deve appandonare Aristotele come riferimento, questo atteggiamento predicatorio di chi dice A=A mettendosi in cattedra con tono predicatorio. Io credo che solo così facento i ceppi medi sareppero rassicurati o per lo meno troppo confusi per potere sollevare delle oppiezioni responzappili. Naturalmente converrai che è fondamendale che questa probosda venga adottata su larca scala a 360 grati altrimenti se se ne esce pure uno solo che dice una cosa sensata ci faggiamo tutti la ficura degli impegilli.

Gortialmende, Lugìa Annunziada

Appendice

All'uscita delle sale cinematografiche si poteva firmare l'appello che segue di cui si sono fatti promotori i seguenti illustri personaggi:

Francesco Altan, Valentina Amurri, Franco Baldini, Luca Barbarossa, Oliviero Beha, Enzo Biagi, Massimo Bucchi, Marco Calamai, Fabio Camilli, Luciano Canfora, Caparezza, Roberta Carlini, Antonio Catania, Giulietto Chiesa, Laura Cina, Furio Colombo, Marina Confalone, Pappi Corsicato, Sandro Curzi, Lucio Dalla, Antonietta De Lillo, Tana de Zulueta, Franza De Rosa, Elio e le Storie Tese, Edoardo Erba, Antonello Falomi, Ennio Fantastichini, Angela Finocchiaro, Paolo Flores D'Arcais, Dario Fo, Ivano Fossati, Marco Foschi, Claudio Fracassi, Carlo Freccero, Tommaso Fulfaro, Rossella Fumasoni, Giorgio Gallione, Claudia Gerini, Riccardo Giagni, Paul Ginsborg, Giuseppe Giulietti, Peter Gomez, Beppe Grillo, Udo Gumpel, Caterina Guzzanti, Corrado Guzzanti, Sabina Guzzanti, Paolo Hendel, Roberto Herlitzka, Sabina Impacciatore, Enzo Jannacci, Lillo e Greg, Corinna Lo Castro, Pier Francesco Loche, Saverio Lodato, Daniele Luttazzi, Milo Manara, Fiorella Mannoia, Maurizio Mannoni, Neri Marcoré, Citto Maselli, Valerio Mastandrea, Loris Mazzetti, Paola Minaccioni, Maria Amelia Monti, Silvio Muccino, Diego Novelli, Andrea Occhipinti, Moni Ovadia, Marcelle Padovani, Francesco Paolantoni, Rocco Papaleo, Francesco Pancho Pardi, Lucio Pellegrini, Piero Pizzicannella, Rosalia Porcaro, Franca Rame, Rolando Ravello, Lidia Ravera, Francesca Reggiani, David Riondino, Paolo Rossi, Andrea Salerno, Paolo Serventi Longhi, Daniele Silvestri, Igor Skofic, Sud Sound System, Paolo Sylos Labini, Gianmarco Tognazzi, Mattia Torre, Marco Travaglio, Giovanni Valentini, Vauro, Elio Veltri, Giovanni Veronesi, Ferdinando Vicentini Orgnani, Marcello Villari.

Un appello.
Dieci richieste al futuro governo italiano

1. Impegnatevi a dare all'Italia un'informazione e una comunicazione che rispondano alle esigenze democratiche del nostro Paese. Riconoscendo che anche l'attuale vertice Rai è nato dalla logica della lottizzazione, approvate una legge per un nuovo sistema di nomina, ove sia limitato il controllo dei partiti, ispirato ai modelli della nuova Tve voluta da Zapatero in Spagna, della Bbc inglese e delle tv pubbliche tedesca e francese, affidando il servizio pubblico a figure e organismi super partes e coinvolgendo le categorie che la tv sono chiamate a "farla": artisti, giornalisti, editori, autori, produttori, università, istituzioni culturali.

2. Fate in modo che gli italiani vedano e ascoltino la vera "agenda del giorno", non quella offerta dal solito circo di nani e ballerine proni al potere. Consentite una libera discussione sui problemi reali della gente: anzitutto il lavoro, la pace, la giustizia e l'ambiente. E garantite che gli interessi dei cittadini siano rappresentati fino in fondo nel dibattito politico.

3. Cancellate la legge-truffa Frattini sul conflitto d'interessi e sostituitela con un ferreo regime di incompatibilità fra chi possiede quote anche minime di società di comunicazione (tv, radio, giornali, portali internet) e chi ricopre incarichi pubblici e di rappresentanza politica.

4. Abolite la legge Gasparri che vìola il diritto costituzionale dei cittadini a essere informati e a usare essi stessi i sistemi di comunicazione, introducendo autentici e seve-

ri limiti antitrust per impedire monopoli e oligopoli sia in tv (non più di una rete terrestre per ciascun soggetto), sia nella carta stampata, sia nel cruciale settore pubblicitario.

5. Impegnatevi a non privatizzare la Rai senza adeguate garanzie sulla terzietà, la trasparenza e la legalità dei poteri che controlleranno il settore; e comunque a lasciare al servizio pubblico almeno due reti.

6. Garantite che anche le tv commerciali siano soggette a criteri di rispetto dei cittadini, e che i bambini non siano più bombardati da raffiche di pubblicità incontrollata e violenza, in balìa dello scadimento etico e intellettuale che oggi domina tutte le reti pubbliche e private.

7. Considerate la televisione per quello che è nella realtà: il più importante strumento non solo di informazione, ma anche e soprattutto di formazione, dell'intera nazione. E, di conseguenza, garantite il suo carattere "pubblico" e "democratico" perché il clima morale e intellettuale del Paese non degeneri.

8. Eliminate l'Auditel e sostituitelo con sistemi di misurazione del gradimento degli spettatori meno inattendibili, non solo sul piano quantitativo, ma anche su quello qualitativo.

9. Garantite il rispetto della diversità delle idee, delle opinioni e delle fedi, e ponete fine alle discriminazioni e alle liste di proscrizione contro autori, scrittori, artisti, giornalisti che pensano, si esprimono e lavorano liberamente con professionalità, restituendoli al dialogo con i loro lettori e con il loro pubblico.

10. Ricordate che queste firme rappresentano la determinazione di molti cittadini liberi a impegnarsi d'ora in poi, con qualsiasi governo, per difendere i propri diritti e la dignità del Paese.

Proposta per un'iniziativa di legge popolare

Per una fortunata coincidenza, mentre usciva il film, un gruppo di parlamentari, giornalisti e giuristi stava lavorando alla stesura di una proposta di legge popolare per riformare il sistema delle nomine dei vertici della televisione pubblica e svincolarla dal controllo dei partiti come ha fatto Zapatero, appunto. A tutti coloro che si domandano "che possiamo fare?" ecco, facciamo passare questa legge. Riprendiamoci la libertà. Dalla libertà veniamo, dalla libertà ricomincia tutto.
Pubblichiamo qui un riassunto di questa legge per aiutarne la diffusione e favorire la raccolta del maggior numero di firme possibili. Le firme devono essere autografe. Sui seguenti siti si può scaricare la legge nella sua completezza e accedere alle informazioni necessarie sugli indirizzi dove recapitare le firme raccolte o sui luoghi dove si può andare a firmare di persona con un documento di identità:

www.vivazapatero.org;
www.laboratorioperlapolis.it;
www.giovaniperlacostituzione.it;
www.tanadezulueta.it;
www.girotondiaroma.it;
www.megachip.info

In base alla Costituzione della Repubblica Italiana, ogni individuo ha il diritto a essere informato sugli eventi politici, sociali e culturali in modo libero, plurale e obiettivo.

Per garantire questo diritto occorre dunque tutelare la libertà di espressione e il pluralismo dei mezzi di comunicazione, nella consapevolezza che l'informazione e la comunicazione sono beni essenziali su cui si fonda lo spazio pubblico di ogni democrazia, e non possono pertanto essere lasciati né al mero gioco del mercato né al controllo diretto dei partiti politici.

La presente proposta di legge fissa nuove norme di disciplina che riguardano l'intero sistema della comunicazione radiotelevisiva, sia pubblica che privata, basandosi sul principio che ogni trasmissione al pubblico di contenuti audiovisivi assolve una missione di interesse generale.

Al fine di attuare questo principio, la presente proposta di legge prevede l'istituzione di un organismo, il Consiglio per le Comunicazioni Audiovisive, in cui sono rappresentate in modo paritetico le principali istanze politiche, sociali e culturali del Paese.

Il Consiglio ha il compito di fornire gli indirizzi fondamentali all'intero sistema delle comunicazioni.

In particolare, nell'ambito del servizio pubblico radiotelevisivo, che nel mondo delle comunicazioni è e rimane il punto di riferimento imprescindibile della collettività, il Consiglio nomina i vertici della concessionaria del servizio pubblico, selezionati mediante concorsi pubblici non in base ad appartenenze politiche, ma alla professionalità e all'indipendenza. I membri del Consiglio di Amministrazione eleggeranno al loro interno il Presidente della Rai e ne nomineranno il Direttore Generale. Il CdA diventerà in tal modo un organo tecnico e indipendente, con funzioni esclusivamente gestionali.

Con le stesse procedure adottate per la nomina dei vertici della Rai, il Consiglio procederà a nominare i componenti dell'Autorità per le Garanzie nelle Comunicazioni, assicurando così anche in questo caso i criteri della selezione trasparente, dell'indipendenza e del massimo di qualificazione.

Le funzioni di indirizzo del Consiglio nei confronti della concessionaria pubblica si concretizzano nel contratto di servizio, che dovrà specificare gli obblighi a cui deve sottostare la Rai in attuazione dei principi generali che governano il servizio pubblico. La funzione di indirizzo viene però esercitata dal Consiglio con riferimento a tutto il sistema delle comunicazioni, quindi anche nei confronti dell'emittenza privata, mediante l'invio di raccomandazioni vincolanti che l'Autorità di garanzia e vigilanza dovrà poi rendere esecutive.

Tra gli strumenti introdotti dalla legge per tutelare il valore fondamentale del pluralismo dell'informazione, a prescindere dalle garanzie della concorrenzialità dei mercati, vi è, con riferimento ai programmi radiotelevisivi, il limite della quota di ascolto, fissato al 30 per cento.

Riguardo alla struttura e ai compiti della Rai, la proposta prevede una chiara distinzione fra la missione di servizio pubblico svolta dalla concessionaria e le sue attività commerciali. Le strutture dell'azienda destinate esclusivamente alla realizzazione della missione di servizio pubblico saranno finanziate principalmente dal canone e avranno un affollamento pubblicitario minore. Quelle invece a maggiore vocazione commerciale saranno finanziate esclusivamente dalla pubblicità e saranno soggette agli stessi indici di affollamento pubblicitario fissati per l'emittenza privata. La legge assegna alla Rai un ruolo guida nella transizione ai nuovi contenuti digitali, concentrandosi non tanto sullo sviluppo di costose infrastrutture, quanto piuttosto sull'elaborazione di nuovi contenuti di qualità. A questo scopo, la Rai dovrà puntare su tutti i mezzi tecnici di distribuzione che consentano lo sviluppo dei contenuti più innovativi, per consentire ai cittadini un uso consapevole e attivo dei mezzi di comunicazione di massa. I nuovi servizi e contenuti dovranno essere resi disponibili a vantaggio della collettività, secondo modalità di accesso il più possibile ampie e universali.

Sul fronte della tecnologia, la legge mira a creare infrastrutture aperte e a promuovere solo i sistemi di accesso ai contenuti digitali che non abbiano l'effetto di legare l'utente finale a una determinata tecnologia né a un determinato operatore.

Per garantire il pluralismo complessivo del sistema delle comunicazioni, l'accesso al mercato da parte di qualunque fornitore di contenuti è regolato con procedura pubblica tramite l'assegnazione diretta di licenze individuali.

Nuove norme in materia di disciplina del sistema delle comunicazioni audiovisive e sulla concessionaria del servizio pubblico radiotelevisivo.

Art. 1
(*Principi fondamentali*)

1. Ai sensi degli artt. 2, 3 e 21 della Costituzione, ogni individuo ha il diritto fondamentale e inviolabile all'informazione sugli eventi della vita sociale, politica e culturale in modo pluralistico e rispettoso dei diritti fondamentali della persona. Tale diritto comprende, in particolare, la libertà di formazione delle proprie convinzioni morali, sociali, politiche, religiose e culturali in genere, nonché la libertà di manifestazione delle proprie opinioni mediante tutti i mezzi di comunicazione.

2. Sono principi fondamentali del sistema della comunicazione di contenuti audiovisivi al pubblico, da parte di qualunque soggetto pubblico o privato:

a) la tutela della libertà di espressione di ogni individuo, inclusa la libertà di opinione e quella di ricevere o di comunicare informazioni o idee senza limiti di frontiere;

b) la garanzia della libertà e del pluralismo dei mezzi di comunicazione radiotelevisiva;
c) l'obiettività, la completezza e l'imparzialità delle trasmissioni a contenuto informativo, anche parziale;
d) l'apertura alle diverse tendenze politiche, sociali, culturali e religiose;
e) la salvaguardia delle diversità etniche e del patrimonio culturale, artistico e ambientale, a livello nazionale e locale.

Tali principi si realizzano nel rispetto dei diritti, in particolare della dignità della persona, della salute e dell'armonico sviluppo fisico, psichico e morale del minore, garantiti dalla Costituzione, dal diritto comunitario, dalle norme internazionali vigenti nell'ordinamento italiano.

3. Il diritto all'informazione e alla comunicazione al pubblico viene riconosciuto a tutte le emittenti legittimamente esercenti attività di comunicazione audiovisiva. Tale diritto comprende, fra l'altro, l'autorizzazione all'accesso alle manifestazioni e agli eventi d'interesse della collettività, alla diffusione in diretta, alla registrazione, alla rielaborazione e alla cessione dei prodotti e servizi audiovisivi realizzati attraverso i diversi mezzi di comunicazione esistenti. Restano ferme le ulteriori disposizioni di legge, in particolare in materia di diritti d'autore, di tutela della personalità e di titoli abilitativi alla radiodiffusione.

4. La comunicazione al pubblico di contenuti audiovisivi mediante qualsiasi rete di comunicazione elettronica costituisce servizio che assolve missione di interesse generale. La missione di interesse generale è assolta dall'emittente che svolge l'at-

tività di trasmissione audiovisiva in conformità ai principi di cui ai precedenti commi 2 e 3.

Art. 2
(*Consiglio per le Comunicazioni Audiovisive*)

1. È istituito il Consiglio per le Comunicazioni Audiovisive, organismo ampiamente rappresentativo delle istanze politiche, sociali e culturali del Paese. Il Consiglio determina, secondo i principi fondamentali di cui all'art. 1, gli indirizzi generali del sistema e contribuisce alla loro attuazione.

2. Il Consiglio è composto da ventiquattro membri. Di questi, un terzo è designato pariteticamente dai Presidenti delle due Camere del Parlamento tra i rappresentanti di tutti i gruppi parlamentari, nel rispetto del principio di parità di trattamento uomo-donna. I rimanenti due terzi, nominati direttamente dalle stesse categorie di enti interessati in base alla funzione direttiva svolta, rappresentano, nella misura di uno per ciascuna, le sottoindicate categorie di enti portatori di istanze economico-sociali:
– Conferenza Stato-Regioni;
– Associazione Nazionale Comuni Italiani;
– Confederazione Generale Italiana del Lavoro;
– Unione Italiana del Lavoro;
– Confederazione Italiana Sindacati Lavoratori;
– Confcommercio;
– Confartigianato;
– Confindustria;
– Associazioni nazionali maggiormente rappresentative a tutela dei consumatori (a rotazione, secondo i criteri di cui al comma successivo);

– Associazioni nazionali maggiormente rappresentative a tutela dei minori (a rotazione, secondo i criteri di cui al comma successivo);
– Associazioni nazionali maggiormente rappresentative a tutela dell'ambiente (a rotazione, secondo i criteri di cui al comma successivo);
– Associazioni nazionali maggiormente rappresentative editori ed utenti radiotelevisivi (a rotazione, secondo i criteri di cui al comma successivo);
– Associazioni nazionali maggiormente rappresentative editori ed utenti dei mercati affini come definiti dalla presente legge (a rotazione, secondo i criteri di cui al comma successivo);
– Società Italiana Autori ed Editori;
– Ente Teatrale Italiano;
– Conferenza dei Rettori delle Università Italiane.

3. Il Consiglio dura in carica sei anni. Nei casi di avvicendamento fra diverse istituzioni rappresentative, previsti al comma precedente, il criterio di scelta è il sorteggio tra gli aventi diritto all'inizio del mandato del Consiglio, e l'avvicendamento ha una ciclicità biennale.

4. Il Consiglio, salvo quanto disposto ai commi successivi, assume le proprie deliberazioni con il voto favorevole della maggioranza dei suoi membri.

5. Le competenze del Consiglio sono individuate come segue:

a) con riferimento alla concessionaria del servizio pubblico:
– nomina i componenti del Consiglio di Amministrazione, con la procedura e le maggioranze di cui al successivo comma 6;
– esprime parere obbligatorio e vincolante sul Con-

tratto di servizio nazionale e sui Contratti di servizio regionali e provinciali;
- formula al Consiglio di Amministrazione osservazioni relative al piano editoriale;
- verifica la rispondenza dell'operato del Consiglio di Amministrazione al Contratto di servizio ed agli indirizzi sul piano editoriale;
- riceve la Relazione annuale del Consiglio di Amministrazione sul perseguimento degli obiettivi di servizio pubblico della concessionaria, dandone ampia pubblicità;
- revoca il Consiglio di Amministrazione, con la procedura, le maggioranze e per i motivi di cui al successivo comma 7;
- riceve le istanze degli utenti relative alle trasmissioni della concessionaria del servizio pubblico;

b) con riferimento al sistema delle comunicazioni audiovisive al pubblico nel suo complesso, il Consiglio:
- vigila sull'assolvimento della missione di interesse generale di cui al precedente art. 1, comma 4, anche con l'emanazione di raccomandazioni vincolanti alle emittenti. L'Autorità per le Garanzie nelle Comunicazioni sanziona gli inadempimenti alle raccomandazioni medesime;
- elabora le linee guide per la definizione della Guida Elettronica dei Programmi Generale;
- esercita le altre competenze previste dalla presente legge.

6. Il Consiglio nomina i componenti del Consiglio di Amministrazione della società concessionaria del servizio pubblico radiotelevisivo, mediante procedura di selezione secondo i criteri della pubblicità, obiettività e non discriminazione, pre-

disponendo un disciplinare che tenga conto dell'indipendenza, delle competenze e dell'esperienze nel settore delle comunicazioni. I candidati presentano domanda al Consiglio corredata di *curriculum vitae*. Il Consiglio nomina al suo interno un comitato composto da cinque membri, il quale seleziona le domande, effettua pubbliche audizioni dei candidati risultati idonei e redige una graduatoria finale motivata. Ad esito di tale procedura il Consiglio, a maggioranza di due terzi, delibera la nomina dei membri del Consiglio di Amministrazione. Dopo il terzo scrutinio è sufficiente la maggioranza assoluta.

7. Il Consiglio, in caso di gravi e palesi violazioni degli obblighi previsti nel Contratto di servizio nazionale stipulato fra la società concessionaria e il Ministero delle Comunicazioni, nonché, su proposta delle Regioni e degli Enti locali interessati, nei Contratti di servizio regionali e provinciali, può deliberare, con la maggioranza dei due terzi dei suoi membri, la revoca del Consiglio di Amministrazione della concessionaria del servizio pubblico radiotelevisivo. Con la stessa procedura, su proposta della maggioranza qualificata dei suoi componenti, il Consiglio può revocare l'incarico ai singoli membri del Consiglio di Amministrazione per motivi di accertata incompatibilità.

8. Il Consiglio nomina i componenti dell'Autorità per le Garanzie nelle Comunicazioni, ivi incluso il Presidente, i quali restano in carica per sei anni, secondo le medesime procedure e maggioranze di cui al comma 6.

9. È soppressa la Commissione Parlamentare per

l'indirizzo generale e la vigilanza dei servizi radiotelevisivi.

Art. 3
(*Disposizioni sulla società concessionaria del servizio pubblico radiotelevisivo*)

1. Il servizio pubblico radiotelevisivo si caratterizza per una programmazione improntata agli interessi e ai valori della collettività, che è basata sui principi fondamentali espressi dall'art. 1. In particolare, provvede:

a) alla diffusione di produzioni informative, culturali, di carattere formativo ed educativo, sportive, cinematografiche e di intrattenimento, specializzate per i minori, per gli italiani residenti all'estero, per le minoranze linguistiche e per la valorizzazione delle produzioni audiovisive nazionali ed europee;

b) all'estensione alla collettività dei vantaggi dell'evoluzione tecnologica, anche al fine di eliminare o prevenire disparità fra cittadini appartenenti a diverse fasce sociali o zone geografiche, realizzando contenuti audiovisivi digitali innovativi e che tengano conto delle diverse modalità di fruizione e di comunicazione rese possibili dalle nuove tecnologie, anche allo scopo di sviluppare nei cittadini, attraverso una ampia diffusione dell'interattività, l'abitudine ad una scelta individuale dei contenuti e ad una più attiva partecipazione al mondo della comunicazione dell'informazione;

c) alla promozione dello sviluppo della fruizione e della comunicazione di tali contenuti digitali su tutte le reti di comunicazione elettronica, al fine di assicurarne la più ampia accessibilità.

2. Il servizio pubblico radiotelevisivo è affidato mediante concessione a una società *holding*, la quale partecipa, fra l'altro:

a) a una o più società che gestiscono reti radiotelevisive in tecnica analogica, sino alla data di completa attuazione del piano di assegnazione delle frequenze in tecnica digitale, e successivamente almeno due programmi in tecnica digitale liberamente accessibili agli utenti mediante qualsiasi rete di comunicazione elettronica e senza oneri aggiuntivi oltre a quelli relativi al canone di abbonamento. Tali canali o programmi possono raccogliere proventi pubblicitari nei limiti del 40 per cento del totale ricavato dal canone, fermo restando un limite di affollamento orario pari al 4 per cento dell'orario settimanale di programmazione e al 5 per cento di ogni ora. Le stesse emittenti sono destinatarie dell'intero importo del canone di abbonamento al servizio pubblico radiotelevisivo;

b) a una o più società che gestiscono, nei limiti previsti dalla normativa sul divieto di posizioni lesive del pluralismo di cui all'articolo 4 della presente legge, nonché della normativa vigente per la radiodiffusione televisiva privata relativa agli indici di affollamento pubblicitario, attività radiotelevisive multimediali e di telecomunicazioni anche in ambito internazionale. Le medesime società di cui alla presente lettera gestiscono inoltre la commercializzazione delle produzioni audiovisive della concessionaria del servizio pubblico, ivi inclusi i nuovi prodotti o servizi anche multimediali e interattivi, nonché gli archivi della società di cui alla lettera a).

3. La società concessionaria, previo parere obbligatorio del Consiglio per le Comunicazioni Audiovisive, definisce un piano per favorire le sinergie tra le diverse attività del servizio pubblico, per la ripartizione delle risorse umane e per l'utilizzo degli immobili e delle infrastrutture trasmissive. Il piano deve prevedere fra l'altro la destinazione di adeguate risorse economiche alla ricerca, alla sperimentazione tecnologica e di prodotto e alla produzione audiovisiva, nonché l'impegno della concessionaria in attività di formazione e di istruzione ai diversi livelli scolastici, universitari e post-universitari.

4. Il Consiglio di Amministrazione della società concessionaria del servizio pubblico radiotelevisivo è composto da cinque membri, nominati mediante deliberazione del Consiglio per le Comunicazioni Audiovisive assunta ai sensi del precedente art. 2, comma 5. Il Consiglio di Amministrazione, a maggioranza dei suoi membri, elegge al suo interno il Presidente e nomina il Direttore generale su base concorsuale. Annualmente, il Consiglio di Amministrazione presenta al Consiglio per le Comunicazioni Audiovisive una Relazione sul perseguimento degli obiettivi di servizio pubblico della concessionaria.

Art. 4
(*Norme a tutela del pluralismo informativo*)

1. Sono vietati la costituzione ed il mantenimento di posizioni lesive del pluralismo informativo come definite nei commi successivi.

2. Realizza una posizione lesiva del pluralismo informativo il fatto che i programmi televisivi attribuibili a una impresa, anche attraverso soggetti controllati o collegati alla medesima, raggiungono nella media annuale, attraverso qualsiasi rete di comunicazione elettronica, una quota di *audience* pari al 35 per cento.

3. Si ritiene parimenti in posizione lesiva del pluralismo una impresa che, anche attraverso soggetti controllati o collegati alla medesima, raggiunga nella diffusione di programmi televisivi, attraverso qualsiasi rete di comunicazione elettronica, una percentuale di *audience* del 30 per cento, qualora tale impresa raggiunga una percentuale di pubblico pari al 35 per cento in almeno uno ovvero nel complesso dei mercati dei media affini, come definiti nel comma successivo.

4. Ai sensi del comma precedente si considerano media affini: attività di diffusione radiofonica; editoria di quotidiani e periodici; editoria elettronica, anche per il tramite di Internet; diffusione di opere cinematografiche nelle diverse forme di fruizione del pubblico.

5. I limiti di cui ai precedenti commi 2 e 3 non si applicano alla società concessionaria del servizio pubblico radiotelevisivo.

6. Il Consiglio ogni tre anni rivede l'elencazione di cui al precedente comma 4 e, qualora lo reputi necessario, previo parere dell'Autorità per le Garanzie nelle Comunicazioni nonché dell'Autorità Garante della Concorrenza e del Mercato, presenta una Relazione al Parlamento contenente proposte di modifica del suddetto elenco alla luce degli svilup-

pi tecnologici e delle abitudini degli utenti finali, tenendo conto dei seguenti parametri:

a) capacità di ciascun mezzo di comunicazione di influenzare la formazione delle opinioni, anche alla luce del contenuto informativo eventualmente espresso e delle sue forme e modalità di comunicazione;
b) capacità di influenzare la cultura, le abitudini e gli stili di vita;
c) costi e modalità tecniche di accesso e fruizione di ciascun mezzo di comunicazione.

7. L'Autorità per le Garanzie nelle Comunicazioni, sentito il Consiglio, affida ad uno o più soggetti privati la rilevazione della percentuale di pubblico raggiunto attraverso i programmi televisivi diffusi mediante qualsiasi rete di comunicazione elettronica, nonché attraverso i media affini, tenendo presente che tale soggetto dovrà:

- presentare una composizione societaria in base alla quale nessun soggetto che svolga attività di comunicazione al pubblico di contenuti audiovisivi ovvero società concessionaria di pubblicità radiotelevisiva possa esercitare il controllo, singolarmente o congiuntamente, anche attraverso soggetti controllati o collegati alla medesima;
- adottare metodologie statistiche di rilevamento elaborate raccogliendo il parere favorevole di almeno tre esperti di chiara fama in materia di scienze statistiche e che contemplino il rilevamento degli ascolti tenendo in considerazione tutti i mezzi di distribuzione e/o diffusione dei programmi televisivi, su frequenze terrestri, via cavo o via satellite, nonché i media affini, eventualmente attraverso apposite convenzioni con gli enti di rile-

vazione al momento esistenti per questi ultimi;
- fornire tempestivamente al Consiglio e all'Autorità i dati da questi ultimi richiesti;
- presentare una Relazione annuale da trasmettere al Parlamento, al Consiglio e all'Autorità entro il 30 ottobre di ogni anno.

8. Si ritengono altresì in posizione lesiva del pluralismo:

a) le imprese titolari di concessioni, autorizzazioni o licenze o comunque esercenti attività radiotelevisiva a qualsiasi titolo in ambito nazionale, le quali anche attraverso soggetti controllati o collegati alle medesime, raccolgano proventi per una quota superiore al 30 per cento delle risorse del settore televisivo in ambito nazionale, riferito alle trasmissioni via etere terrestre anche in forma codificata. I proventi di cui al precedente periodo sono quelli derivanti da finanziamento del servizio pubblico al netto dei diritti dell'Erario, nonché da pubblicità nazionale e locale, da spettanze per televendite, e da sponsorizzazioni, proventi da convenzioni con soggetti pubblici, ricavi da offerta televisiva a pagamento, al netto delle spettanze delle agenzie di intermediazione;

b) le imprese che comunque detengano anche attraverso soggetti controllati o collegati ai medesimi, partecipazioni in imprese operanti nei settori della radiotelevisione e dei media affini, come definiti nel presente articolo, possono raccogliere, sommando i ricavi dei due settori, proventi non superiori al 20 per cento del totale nazionale delle risorse derivanti da pubblicità, spettanze per televendite, sponsorizzazioni, proventi da convenzioni con soggetti pubblici, finanziamento del servizio pubblico, ricavi da offerta televisiva a pagamento, vendite e abbonamenti di quotidiani e periodici, dal mercato dell'editoria elettronica destinata al consumo delle famiglie, dalla diffusione di opere cinematografiche nelle diverse forme di fruizione del pubblico; è fatta salva la disciplina sulle imprese editrici di giornali quotidiani o periodici, fermo il rispetto dei limiti per singolo settore.

9. Qualora l'Autorità per le Garanzie nelle Comunicazioni accerti, anche a seguito di segnalazione del Consiglio, che un'impresa si trovi in posizione lesiva del pluralismo ai sensi dei commi 2, 3 e 7, interviene affinché tale posizione venga sollecitamente rimossa, proponendo all'impresa di adottare le seguenti misure:

a) la rinuncia da parte dell'impresa a quote di partecipazione in società ad essa attribuibili; ovvero,

b) per quanto concerne il comma 7, la riduzione della quota di proventi raccolti, nella misura necessaria a non superare le soglie di cui ai suddetti commi.

10. Resta fermo l'intervento sulle posizioni dominanti ai sensi della normativa comunitaria e nazionale in materia di tutela della concorrenza, nonché l'applicazione da parte dell'Autorità per le Garanzie nelle Comunicazioni degli obblighi specifici relativi agli operatori di rete e ai fornitori di servizi di comunicazione elettronica derivanti dal recepimento nell'ordinamento italiano delle Direttive del Parlamento Europeo e del Consiglio del 2002 in materia di comunicazioni elettroniche, come successivamente modificate.

Art. 5
(*Promozione dello sviluppo dei sistemi di diffusione e distribuzione di contenuti audiovisivi digitali*)

1. Al fine di promuovere lo sviluppo di sistemi di comunicazione di contenuti audiovisivi in tecnica digitale, sono definiti gli incentivi all'acquisto e alla locazione finanziaria necessari per favorire la diffusione nelle famiglie italiane di apparecchi utilizzabili per la ricezione dei contenuti audiovisivi digitali, in modo tale da consentire l'effettivo accesso a tali contenuti.
2. Tali incentivi sono subordinati alla circostanza che gli apparati ricevitori-decodificatori consentano:

a) l'accesso a qualsiasi rete di comunicazione elettronica, via etere terrestre, via cavo o via satellite;
b) la fruibilità, mediante una interfaccia comune, delle diverse offerte di programmi digitali con accesso condizionato e la ricezione dei contenuti audiovisivi digitali in chiaro;
c) l'interattività;
d) la contemporanea presenza di più Guide Elettroniche dei Programmi.

Art. 6
(*Licenze individuali per i fornitori di contenuti audiovisivi digitali*)

1. La diffusione di contenuti audiovisivi in formato digitale, ivi inclusi quelli ad accesso condizionato, su qualunque rete di comunicazione elettronica, via cavo, su frequenze terrestri o via satellite, è soggetta a licenza individuale rilasciata dall'Au-

torità nel rispetto delle condizioni definite in un regolamento adottato da quest'ultima e secondo procedure comparative ispirate ai principi di pubblicità e non discriminazione.

2. Il soggetto operatore di rete che fornisca la capacità tecnologica necessaria alla trasmissione o diffusione dei contenuti digitali è obbligato a contrarre con il fornitore di contenuto titolare di licenza individuale che gliene faccia legittima richiesta ai sensi del comma precedente.

Hanno partecipato alla stesura di questa legge:

Giulietto Chiesa, Maria Cuffaro, Tana de Zulueta, Edoardo Ferrario, Alberto Gambino, Michele Gambino, Udo Gumpel, Sabina Guzzanti, Curzio Maltese, Marco Travaglio, Giovanni Valentini.

Il gruppo si è avvalso del contributo professionale dell'avvocato Francesco Graziadei e del dottor Andrea Sazi.

Indice

BUR
Finito di stampare nel novembre 2005 presso
il Nuovo Istituto Italiano d'Arti Grafiche - Bergamo
Printed in Italy